AF124962

Wellensittichs

Zeitreise

Andreas Oeser

Bibliografische Information der Deutschen Nationalbibliothek:
Die Deutsche Nationalbibliothek verzeichnet diese Publikation in der Deutschen
Nationalbibliografie; detaillierte bibliografische Daten sind im Internet über
http://dnb.dnb.de abrufbar.

Andreas Oeser „Wellensittichs Zeitreise"

Umschlaggestaltung nach Bildvorlagen: Vulkanausbruch am Vesuv (1872 Hubert Sattler) /
Wellensittich im Flug (2011 Klaus Sure): Andreas Oeser

Herstellung und Verlag: BoD – Books on Demand, Norderstedt

ISBN: 978-3-7386-3695-6

Für ganz besondere Vögel

Mit großem Dank an Regine und Tine für die großartige praktische und moralische Unterstützung bei diesem Projekt.

Inhalt

Vorwort

Die Geschichten in diesem Buch sind eine Mischung aus Fakten und Fiktion, keine trockenen wissenschaftlichen Aufsätze. Vielmehr sind sie eine Sammlung von spannenden Abenteuern von der Prähistorie, als der Wellensittich noch keiner war, über den Undulatus-Papagei bis zum hochgezüchteten preisträchtigen Schauwellensittich, der nicht mehr fliegt, und zuletzt einem Ausblick in die mögliche nahe Zukunft, in der die Wellensittiche als Exoten in der privaten Haltung verboten werden könnten.
Dieses Buch soll nicht lehren, es unterhält.

175 Jahre ist es her, als die ersten Wellensittiche aus Australien nach Europa kamen und ihren einzigartigen Siegeszug als Heimtiere antraten, aber optisch auch vielfältige Wandlungen vollzogen – farblich, in Statur und Federwachstum. Viele Menschen waren und sind vom Ehrgeiz getrieben, weitere Variationen zu kreieren, etwas Neues hervorzubringen, Standards zu setzen und einen Preis dafür zu erhalten. Die Kreatur wird dabei zum Versuchsobjekt, im weitesten Sinne zum Spielzeug.

In den Haushalten, in denen die meisten von ihnen leben, sieht es oft nicht anders aus: Inzwischen ist längst bekannt und überall nachzulesen, dass Wellensittiche zumindest einen artgleichen Partner brauchen, und trotzdem werden sie noch in großer Zahl allein gehalten - als Unterhalter für Kinder und Erwachsene, als Familienvogel oder als treuer Zeitgenosse in der Seniorenwohnung auf dem Küchenfensterbrett. Auch hier sind sie, so gern sie auch gehabt werden mögen, die Spielzeuge des Menschen.

Denn ihnen allen fehlt eins: Das Verständnis des Menschen für ihre Bedürfnisse. Diese aber sind dem Menschen kaum bewusst, obwohl der Sprung vom australischen Ur-Wellensittich zum heutigen Ziervogel so kurz war und die wildlebende Reinform noch in großen Schwärmen in ihrer Heimat unterwegs ist, erforscht und in wunderschönen Filmen angesehen werden kann. Doch trotz vor Allem auch der neuen Medien und Kommunikationsformen, die einem Jeden die Möglichkeit geben, sich genauer zu informieren, kommt bei immer noch zu vielen Menschen zu wenig davon an.

Das Leben im Wolfsrudel ist jedem Hundehaltenden näher, vom Mops bis zum Hirtenhund sucht manch einer nach Ähnlichkeiten zum Vorfahren und leidet bei allzu quälenden Eigenschaften am Tier wie der zu kurzen Schnauze mittlerweile gegebenenfalls mit; in jeder Katze steckt der Luchs oder gar der bengalische Tiger, und sie bekommt die Möglichkeit, diese Seite auszuleben. Oder sie nimmt sie sich.

Dem Wellensittich hingegen wurde und wird leider immer noch zu viel von dem genommen, was ihn auszeichnet: das Leben im großen Schwarm, das Nomadentum, die Fähigkeit, sich der rauesten Umgebung anzupassen und auch noch erfolgreich darin zu sein; sich an ihren Anforderungen zu messen und dadurch gesund zu bleiben. Stattdessen sucht man nach Wegen, neben den optischen auch noch Verhaltensänderungen herbei zu führen, durch Zucht, tierquälerische Eingriffe am Gefieder und Knochenbau des Vogels, Futterentzug, Eingesperrt sein oder durch kontinuierliches Training mit dem Wellensittich, auf das dieser noch am ehesten reagiert, eben weil er so anpassungsfähig ist.

Vielleicht ist es der genetische Abstand vom erdgebundenen, haarigen und säugenden Menschen zum fliegenden, befiederten und Eier legenden Vogel, der viele Menschen die Bedürfnisse des Wellensittichs einfach nicht erkennen lässt. Aus ähnlichen Gründen des Abstands hat man Fischen ja auch lange Zeit die Fähigkeit etwa zum Schmerz abgesprochen. Es spricht sich im Bekanntenkreis und Internet schneller herum, dass man Federn und Futterspelzen im Wohnzimmer reduzieren kann, wenn man den Käfig mit Folie umwickelt oder in eine Gardinenschürze hüllt, als dass der Wellensittich einen Partnerwellensittich braucht, wenn nicht sogar einen kleinen Schwarm aus vier oder mehr Vögeln.

Vielleicht sind es aber auch Bequemlichkeit und Sparsamkeit, den Vogel wider besseren Wissens und vielfältiger öffentlich zugänglicher Fachaufsätze weiter so zu halten, wie man es schon aus dem Elternhaus oder von den Großeltern kannte. Der Wellensittich braucht nicht viel Platz und Futter, kann mit wenig Aufwand zahm werden und ein fröhlicher Unterhalter, und wenn er mal krank wird, stirbt er eben und man holt sich zum kleinen Preis einen Neuen. Das ist so dermaßen praktisch, dass viele Menschen sich überhaupt nicht die Mühe machen wollen, es besser zu wissen und es besser zu machen.

Dabei verpassen viele dann die wahren Qualitäten des Wellensittichs, sein wunderbares Verhalten im Schwarm, die Vielfalt, mit der sich jeder Einzelne von ihnen unterscheidet und sie doch alle durch ihr ausgeprägtes Sozialverhalten miteinander verbunden sind. Vielleicht können die Menschen sich das einfach nicht vorstellen.

Dieses Buch soll dabei helfen, das zu ändern, indem es all die bereits vorhandenen Kenntnisse über den Wellensittich um die Vorstellung bereichert, was die kleinen bunten Vögel in ihrem Schwarm können. Und nur dort. Dadurch wird sicher nicht die ganze Einstellung zu den Vögeln und ihrer Haltung auf den Kopf gestellt, aber nur ein kleiner Perspektivwechsel reicht oft schon, um Manches etwas besser zu machen, weil man es besser sieht.

Diese beiden genannten naheliegenden Möglichkeiten - es sind sicher nicht die einzigen -, die Bedürfnisse des Wellensittichs nicht zu erkennen oder nicht erkennen zu wollen, sind dabei der Hintergrund für dieses Buch und jede einzelne Geschichte darin. Es sind Geschichten auch und ganz besonders für Erwachsene, die Wellensittiche lieben. Das Tier steht je nach Epoche mehr oder weniger im Mittelpunkt, als glücklicher oder trauriger Held, und ohne es zu vermenschlichen. Denn das zeichnet einen Helden aus und hebt ihn von der Masse ab: dass er im kritischen Moment er selbst ist, seine Fähigkeiten einsetzt und etwas ganz Bestimmtes tut, was nur er kann. Er könnte es nicht, wenn er so wäre wie alle Anderen. Und deshalb bleibt der Wellensittich ein Wellensittich, ein wildes, auf die Anforderungen der rauen und kargen Weite bestens eingestelltes Tier.
Jedoch kein „Butschi-lieb"-Tier!

Durch unsere Kultur und unsere Werte zumindest hier im deutschsprachigen Raum, in dem das vorliegende Buch erscheint, sehen wir uns Menschen als etwas Besonderes. Wir nehmen eine zentrale Rolle ein, fordern für uns ein würdevolles Dasein ohne dauerhafte eklatante Not, was den Meisten auch zuteilwird. Doch mit dieser Rolle übernehmen wir auch Verantwortung, denn wer außer uns sollte den Überblick und die Möglichkeiten haben und behalten, die Welt so zu gestalten, dass wir in ihr leben können? Das klingt groß, doch bereits im ganz Kleinen, im eigenen Haushalt ist jeder in Lage, diese Verantwortung auszufüllen. Für sich selbst, die eigenen Kinder und die Familie, für ein gutes nachbarschaftliches Verhältnis und für die Tiere, die mit in dieser Gemeinschaft leben.

Wir sollten uns dieser Verantwortung vollständig stellen.

Am Himmel vor unserer Zeit

Längst hatte das große Meer Thetys den gewaltigen Urkontinent Pangaea gespalten und Laurasia und Gondwana für immer getrennt. Gondwana selbst gab aus seinem Inneren Sahul frei, nachdem auch Antarctica und America sich lösten, und zerfiel. Während sich Antarctica mit dem Zirkumpolarstrom umgab und Kälte und Feuchtigkeit an sich band, machte sich Sahul auf die Reise gen Norden. In vielen hunderttausend Jahren danach verlor es dabei Palawa Kani, das heute Tasmanien genannt wird, beide nun getrennt durch die Brass-Straße zwischen den allgegenwärtigen Meeren des Indischen Ozeans.

Sahul – einst im milden tropischen Klima gesegnet mit unendlichem Reichtum an Pflanzen und Tieren aller Art, trocknete aus. Immer weiter zog sich das Wasser aus dem Landesinneren zurück und folgte dem weichenden Meer, das fruchtbare Böden hinterließ.

Undurchdringliche riesige Regenwälder breiteten sich im Norden Sahuls aus, während sich jenseits der Gebirge im Osten farbenfrohe artenreiche Blütenlandschaften voller leuchtend bunter Insekten und bis zu daumengroßer Käfer im gemäßigten Klima ausbreiteten. Im Südosten prägten satte Gras- und Buschlandschaften das Bild, immer wieder genährt durch verheerende Flächenbrände, die das Laubwerk flach hielten und die alten Böden des Urkontinents mit Energien für neues Leben speisten.

Für Sarma und ihren Schwarm wurde es ungemütlich. In ihrem jetzigen Habitat von knapp 200 Metern Länge an einem schmalen Rinnsal, das in Regenzeiten zu einem kraftvollen Fluss anschwoll und von einigen bis zu 60 Meter hohen Mangroven-bäumen und niedrigeren Eukalyptusgehölzen gesäumt war, die wiederum Staudengewächsen, heidekrautähnlichen Boden-deckern und Gräsern Schatten boten, waren sie nicht mehr sicher. Immer häufiger tauchten größere Rabenvögel am Hori-zont auf. Ihr durchdringender krächzender Ruf war bis weit in die Savanne zu hören, und er wechselte sich mit den selteneren schrillen Pfiffen falkenartiger Vögel ab, die noch furchteinflößender waren und bis spät in den Abend Gefahr ver-hießen.

Sarmas Generation des Frühsommers war schon fast vollständig ausgewachsen und in der Lage, größere Flüge zu unternehmen, während die neuen Gelege in den Hölzern des stabilen Busch-werks in unbeachteten Momenten immer öfter kleinen Nage-tieren zum Opfer fielen, die in dieser Gegend zuvor noch nie gesehen wurden.

Weit, sehr weit im Norden zogen riesige Rauchschwaden in den Himmel und bildeten eine kilometerhohe Wand aus dichtem grauem Qualm, der sich nur schwer mit dem leichten rötlichen Staub der Savanne mischen wollte. Dieser Qualm war der Grund für die ungemütlichen Geräusche am Tag und die Diebe in der Nacht; mächtige Buschfeuer hatten wieder einmal ganze Gebiete des Regenwaldes erfasst. Farne und Geflechte, die sich lediglich vom Morgentau nährten und ihre Wurzeln teils tief in die Borke der größeren Bäume trieben, waren gute Nahrung für die immer schwelenden Feuer in der Region, denen sie nichts entgegenzusetzen hatten.

Eines Morgens war es soweit, als die brütenden und fütternden Mütter vermehrt aus ihren Höhlen und Winkeln in den Ästen der Bäume hervorkamen, rasch den Boden rund um das Gehölz aufsuchten und eilig ein paar Grassamen aus dem Boden scharrten. Die staubige Erde verklebte beim Picken teilweise mit den Resten von Ei und Schale im Bart- und Brustgefieder der Erfahreneren unter ihnen und wurde mit hektischen Krallenbewegungen flüchtig weggeputzt. Ihre Hähne indes flogen eilig in die Höhlen, um sich selbst auch noch zu stärken. Es musste etwas ganz Außergewöhnliches sein, wenn die Hennen ihre Gelege aufgaben und sich gar über sie hermachten, denn das war nicht die Art der grünen Vögel; sie wollten leben, nicht töten. So lag eine fast unerträgliche Spannung auf dem gesamten Schwarm. Keiner traute sich, etwas zu sagen, alle lauschten gespannt in die ansonsten drückende Stille, die sich von draußen, von der Savanne, ihren Weg in das Unterholz suchte.

Wie auf Kommando schossen plötzlich etwa 50 Vögel in die Luft über dem Laub; meistens grüne, aber auch einige wenige blaue, fast im gleichen Augenblick gefolgt von ihren Artgenossen um sie herum. Alle stießen sie sich mit einigen raschen Flügelschlägen vom Boden oder ihren Zweigen ab, zu hunderten hörte man das kraftvolle Schlagen der Flügel der großen unter ihnen, die mit ihren langen, schwarzen Schwänzen fast Unterarmlänge erreichten und vor deren mächtigen Schwingen sich die kleineren sehr in Acht nehmen mussten, während sie nahezu lautlos den gleichen Weg einschlugen. Das Gemenge wurde zu einem einzigen, mächtigen Rauschen, wenngleich sich alle Mitglieder des Schwarms nun größte Mühe gaben, diese Geräusche durch ihre Schreie zu übertönen. Denn leise blieb in diesem Moment keiner mehr, jeder suchte mit seinem Ruf die Nähe zu seiner Familie, zu seinem Teil des Schwarms zu halten. Auch Sarma fand sich von einer Sekunde zur nächsten in der Luft wieder, wie gezogen von einer unsichtbaren Kraft, der sie nicht entrinnen konnte. Wie ihr erging es den über 1000 anderen Vögeln auch, die sich nun erst wie eine dunkle, grün-bunte Wolke aus dem Buschwerk erhob, um sich dann zu einem großen Ball zu formen, gezogen von einer kleinen, keilartigen Front von Vögeln in eine Richtung – weg von den Rauschschwaden, von den Raben und Falken, aber auch vom Bach und den schützenden Hölzern, tief hinein ins Innere der Savanne, dem Lauf des sterbenden Flussbettes entgegen zu seiner Quelle folgend.

Sarma wusste an diesem Morgen nicht, was auf sie zukommen würde. Sie war zu jung, sie kannte nur die vertraute Umgebung des Mangrovenhains am schmalen Rinnsal, das ihr und der sie schützenden und stets Nahrung bietenden Flora Wasser spendete. Auch konnte sie nicht ahnen, welche Strapazen heute noch auf sie zukommen, sie an den Rand ihrer Kräfte bringen und viele neue Erfahrungen bieten würden. Aber sie fühlte sich stark, sehr stark und voller Vorfreude auf das Aufregende, das den kompletten riesigen Verbund der grünen und blauen Flieger trieb.

So trieb sie mit, erst höher und immer höher, bis sie selbst Teil des großen Balls all der Vögel war. Ein kurzer Blick nach unten zeigte ihr, dass nicht alle Artgenossen ihr folgten. Genaueres konnte sie nicht erkennen, nur ein paar wenige kleiner werdende blaue Tupfen und ein paar mehr grüne, die mit zunehmender Höhe mit dem Grün der Büsche verschmolzen. Dann richtete sie ihren Blick nach vorne, fand die Richtung, die auch die Anderen um sie herum eingeschlagen hatten, dem vorderen Keil folgend. In der Höhe war Platz genug, so dass sie sich nicht so sehr auf die mächtig schlagenden Schwingen ihrer größeren Verwandten konzentrieren musste. Sie tat es erst den größeren gleich, schlug auch mit ihren zarten Flügeln, um dann ein paar Augenblicke schwerelos durch die Luft zu segeln, doch merkte sie rasch, dass sie das auf Dauer nicht ausreichend vorwärts bringen würde und sie stattdessen dabei stetig an Höhe verlor. So suchte sie sich schließlich ihren eigenen Rhythmus aus gleichmäßigen, leichten Flügelschlägen in ihrem ganz eigenen Takt, der sich in Bruchteilen von jedem einzelnen Takt der Anderen unterschied.

So waren sie schon eine knappe Stunde unterwegs, jeder gefangen in der steten Musik seines eigenen Flügelschlags, Links und Rechts nur wahrnehmend, wenn einer der fliegenden Nachbarn seinen Rhythmus änderte, sich zurückfallen ließ oder auch sanft aus dem großen, nun zum Dreieck geformten Verband hinaus segelte und in Richtung des staubigen Bodens der Öde glitt, weil ihn die Kräfte verließen.

Wie von Zauberhand gelenkt machte die Spitze des Keils plötzlich einen Schwenk nach rechts, dem die unmittelbar Nachfolgenden noch folgen konnten, während sich in der Mitte des Keils eine große Delle bildete, die sich nur langsam wieder schloss, in dem der ganze große Rest des Gefolges nach und nach die neue Richtung fand. Grund war eine kleinere dunkle Wolke, die sich von links, aus dem Norden kommend, schnell in gleicher Richtung wie Sarmas Schwarm diesem näherte.

Ein Ausweichen war jedoch nicht möglich, da die kleine Wolke mit derselben Geschwindigkeit wie der große Schwarm unterwegs war und sich in spitzem Winkel auf die Gruppe zubewegte. Die Vögel schlossen näher zueinander auf, bis zwischen einzelnen Flügelspitzen kaum noch Platz zum Schlagen war. Der ganze Verbund verdichtete sich so zu einer schweren dunklen Gestalt am Himmel; würden nicht alle Tiere ihre Ruf- und Warnschreie ausstoßen, hätte man dieses dunkle Etwas nicht als riesige Gruppe von Vögeln identifizieren können, was die Erscheinung insgesamt aber nicht weniger bedrohlich machte.

Langsam wurde jedoch erkennbar, was sich ihr da vom nördlichen Horizont näherte, denn vereinzelt leuchteten blauen Tüpfelchen aus der dunklen Masse hervor; kurz darauf waren trotz des Lärms aus dem eigenen Schwarm auch die Rufe der Ankommenden zu vernehmen. Sarma kamen sie vertraut vor, und doch irgendwie fremd, wie in ihrem eigenen Schwarm auch. So rief auch sie, und aus der Masse an schrillen Antworten kamen auch einige, die sie erkannte, und da wurde es ihr etwas wohler, wenn sie auch niemanden in dem grünen Gewimmel so genau und lange genug sehen konnte, um ihn als bestimmten Vogel wahrzunehmen.

So lockerte sich der riesige Verbund aus grünen und blauen Vögeln wieder etwas auf und schlug die ursprüngliche Richtung entlang des Bachlaufs gen Süden ein. Schon bald hatte die Gruppe der Neuankömmlinge sie erreicht. Sie war deutlich kleiner und bestand aus etwa 200 Vögeln, die sich sofort harmonisch ins Fluggefüge einbanden, als wäre es nie anders gewesen. Der nun weiter angewachsene Schwarm zog noch eine halbe Flugstunde weiter über die trostlose Landschaft der Savanne, als sich voraus einige kleinere Eukalyptusbäume und vertrocknete Grasbüschel fanden.

Die Spitze des Schwarms zog etwas hinunter, der ganze Rest tat es ihnen gleich, doch noch im Anflug zeigte sich, dass dieser Ort ungeeignet zur Rast sein würde; er war viel zu klein und der Bewuchs zu spärlich, um auch nur annähernd alle Schnäbel versorgen zu können. So zogen die quirligen kleinen Vögel wieder nach oben. Vereinzelt verließen in diesem Moment einige Tiere jedoch den Verbund und steuerten den Flecken an; es waren etliche der größeren Vögel, die dem langen Flug durch die mittlerweile sengende Vormittagssonne nicht mehr gewachsen waren. Immer mehr schlossen sich ihnen an, die Großen, aber auch einige der schwächeren Kleinen. Staub spritze auf, als sich die etwa 250 Vögel wiederum mit lautem Geschrei auf dem Boden niederließen, um ein paar Samen und Körner zu erheischen, die sie schon mit ihrem Landemanöver unter ihren Krallen freilegten.

Etliche von ihnen pumpten heftig, stellten ihre Flügel weit ab und suchten den wenigen Schatten unter den knorrigen Bäumen. Es dauerte nur einige wenige Augenblicke, da entbrannte der erste Streit zwischen einigen Tieren. Eine Handvoll der größeren Vögel hatte die saftige Knolle einer Pflanze freigegraben, deren Blätter in der Sonne bereits verbrannt waren, während die Knolle ihr wertvolles Gut speicherte. Gierig pickten die Vögel mit ihren gekrümmten Schnäbeln auf sie ein und sich gegenseitig, um die lästigen Konkurrenten zu vertreiben, einige versuchten von oben, die Knolle zu fassen und mit ihr an einen sicheren Ort zu flüchten, aber sie war noch zu fest mit dem Boden verwachsen. Andere suchten sich ebensolche Gewächse und begannen, sie freizulegen, was wiederum zu Streitereien und heftigen Kämpfen führte. Dazwischen schimpften und flatterten auch immer wieder die Kleineren, denen es ob der Konkurrenz kaum gelingen wollte, ein Stück aus einer Knolle in der Größe eines Selleries zu ergattern.

Am Ende war das komplette kleine Feld umgewühlt und alle Gewächse freigelegt. Die größeren Vögel suchten den wenigen Schatten und erholten sich, während die kleineren begannen, sich unter Krämpfen zu winden. Graues Wasser schoss aus ihren Därmen, anderen fehlte selbst hierzu die Kraft. Einer nach dem anderen streckten sich die kleinen Vögel, die etwas von den Knollen ergattert hatten, nieder und verendeten dort, wo sie gerade saßen. Die Kleinen, die sich auf die wenigen freigelegten Samen in der Erde konzentriert hatten, stieben verwundert und ängstlich beiseite, als die größeren begannen, sich über die toten warmen Körper herzumachen und sie zu zerlegen, bis nur noch einige grüne und blaue Federn und unzählige Daunen auf dem Staub von ihnen übrigblieben.

So waren einige Stunden vergangen. Der große Schwarm war weitergezogen, uneinholbar für die versprengte und nun stark dezimierte Schar von vielleicht noch 150 Tieren, davon zu drei Vierteln die größeren Vögel. Diese machten sich auf in Richtung der ursprünglichen Flugroute, den leicht aufkommenden Wind des Nachmittags nutzend. Den wenigen Kleinen blieb gar nichts anderes übrig, als sich ihnen anzuschließen, denn sie waren zu wenige für einen eigenen, sicheren Schwarm, und sie waren ja auch die Schwächeren, die mit dem großen Verbund nicht mithalten konnten.

Nach einer weiteren knappen Stunde des Flugs entlang des Flussbetts glitzerte es am Horizont durch den immerwährenden rötlichen Staubnebel weißlich-hellblau. Beim Näherkommen entdeckten die Vögel grüne Wiesengewächse an einem kleinen, flachen See, der allerdings von einigen weißen Vögeln in der Größe der größeren Grünen bevölkert war. Der Schwarm hielt direkt auf das Gewässer zu. Als die kleineren dies bemerkten, war es längst zu spät, denn auch die weißen Vögel hatten die heranziehende Gruppe bereits entdeckt und sich kreischend in die Luft erhoben, um ihr Revier zu verteidigen oder sich das

Abendessen direkt vor die spitzen Schnäbel servieren zu lassen. Das musste sich erst zeigen. Während eine Gruppe der Weißen in der Luft auf die größeren Grünen stieß und sie sich vereinzelte, ausgewogene Gefechte lieferten, bei denen sich die Grünen trotz ihrer Erschöpfung aufgrund ihrer kräftigen Schnäbel leicht überlegen zeigten, folgten andere Weiße den fliehenden Kleinen. Die Weißen waren deutlich schneller, wenn auch nicht so wendig wie die Kleinen, doch am Ende wurde ein geschwächtes Tier nach dem anderen von den Räubern vom Himmel geholt und mit triumphierendem Geschrei in Sicherheit gebracht. Einige der Kleinen versuchten sich ins tiefe Gras zu ducken, und dort wurden sie tatsächlich auch nicht entdeckt, sofern sie grün waren. Die kleinen Blauen hatten jedoch keine Chance, nach und nach wurden sie aus dem Gras gepflückt wie fruchtig-leuchtende Pfirsiche von den Bäumen.

Als die Dunkelheit über den See hereinbrach, hatten sich die ebenbürtigen Schwärme wieder getrennt; die Weißen hatten sich in ihre direkt am Ufer gebauten Nester zurückgezogen, während sich die größeren Grünen und Blauen hastig Mulden ins Gras gescharrt hatten, um sich in den Boden zu schmiegen. Die geringe Schar verbliebener kleiner Grüner hatte sich bis zum Einbruch der Dunkelheit eng ins satte Gras gedrückt, nur wenige trauten sich, mal an einem Halm zu zupfen und so neue Kraft zu tanken. Als sie am nächsten Morgen aufflogen um einen neuen Fluchtversuch zu starten, waren sie sofort von den Weißen umringt und hatten keine weitere Möglichkeit zu entkommen.

Sarmas riesige Gruppe indes hatte den See am Vortag auch entdeckt. Es war mittags, die Sonne stand direkt über dem See und ließ ihn weithin wie einen weiß-blauen Diamanten in der Steppe leuchten. Anders als ihre nachfolgende Gruppe zog der Schwarm jedoch beim ersten Erkennen des Glitzerns weit nach links und verließ so seine südliche Route gen Osten, um den See so in einem großen Bogen zu umfliegen. Wie gern hätte Sarma Halt gemacht, kühlen nassen Boden unter sich gespürt, einen Tropfen Wasser auf der Zunge gespürt und ihr staubiges Gefieder geschüttelt. Aber der Schwarm wollte nicht, und so schlug sie wie selbstverständlich die Richtung der anderen ein, rechts am Horizont begleitet vom Schimmern des Wassers.

Sie musste nicht lange verzichten, denn bald traf der Schwarm auf einen Zulauf zum See, schwach bewässert, aber dafür ordentlich mit Buschwerk bewachsen, das eine Höhe von zwei bis drei Metern erreichte. Sie folgten dem Flüsschen ein paar Kilometer, bis das Gebüsch an Höhe verlor, das Gelände ringsherum ein wenig anstieg und so ein kleines, mit Gras und kleinen Blumen bewachsenes Becken freigab, in dessen Mitte sich das Wasser leise plätschernd seinen Weg bahnte. Während die Spitze des Keils aus Vögeln nun steil nach unten stieß und die ersten Vögel schon im Flug mit ihren Schnäbeln das kostbare Nass aufnahmen, verbreiterte sich die nachfolgende Schar zu einer breiten Front und tat es ihnen gleich. Auf der Breite von vielleicht 50 Metern, den dieser Geländedurchbruch maß, schossen die Vögel zu Hunderten hinunter. Die Vorderen konnten einige Tropfen erheischen, während die hinteren mit ihnen wieder hochzogen, sobald sie weiterflogen. In einer raschen Kehrtwende folgte dann ein zweiter, dritter und vierter Anflug, bis endlich alle Kehlen mit Wasser versorgt waren.

An der südlichen der beiden Kanten des Beckens, die das Flüsschen im Laufe der Jahre auf eine Tiefe von etwa 4 Metern hinein gegraben hatte, wuchsen im Schatten spärlich einige grün-braune Ranken aus dem brüchigen Gestein, während die nördliche Kante durch die ständige Sonneneinstrahlung reich mit großen und farbenfrohen Blütengewächsen bestückt war. Doch so verlockend dieses Angebot auch aussah, entschieden sich die Vögel rund um Sarma für einen Aufenthalt im Schatten oder das Gras davor, um sich zu stärken und auszuruhen. Mit lauten Schreien suchten sie sich ihre Plätze in den Zweigen der Rankgewächse, auch Sarma rief und rief, bis sie endlich eine vertraute Antwort bekam. Sie zog scharf nach rechts, kollidierte mehrmals fast mit anderen Vögeln, die ebenfalls ihren Landeplatz suchten, bis die vertraute Antwort endlich so nah war, dass sie ihren Vater sehen konnte. Sie landete direkt zwischen ihm und einem stärkeren, nach oben strebenden Ast auf einem dünneren Zweig. Mit aufgestellter Haube und lebhaft-freudigen Blicken umstrichen sich ihre Schnäbel mehrmals mit einem liebevollen Gurren, unterbrochen von einigen zuckenden Bewegungen des väterlichen Kopfes, der schließlich einige köstliche aufgeweichte Samenkörnchen hervorbrachte und ihr in den Schnabel schob.

Kurz darauf fand auch ihr nur wenige Tage jüngerer Bruder zu ihnen, der ebenso begrüßt und versorgt wurde, während sie zu dritt beständig weiterriefen. Doch Sarmas Mutter kam nicht, und ihre älteren Schwestern aus dem gleichen Gelege auch nicht, dafür ein Bruder aus dem Vorjahr und eine schon zwei Jahre ältere Schwester, die sie beide nicht kannte, aber deren Sprache sie so gut verstand und die von ihrem Vater ebenso freudig, nur ohne Gabe von Körnerbrei, begrüßt wurde. Bald war kein Vogel mehr auf der Suche, alle hatten ihren Platz gefunden. Die ersten begannen, sich einige Meter vor der Wand dem Gras und vor Allem dem Boden darunter zu widmen, auf der erfolgreichen Suche nach Samen, Wurzeln und manchmal auch einem Würmchen. Sarmas ältere Geschwister machten sich ebenfalls schnell zur Futtersuche ins Gras auf, und so folgten auch Vater, Sohn und Sarma hinab ins kühl-frische Gras.

Satt, müde und erfrischt suchte sich die kleine Familie einen neuen Zweig im schattigen Schutz der südlichen Wand. Die Sonne hatte ihren Höhepunkt überschritten, die warme Feuchtigkeit aus dem kleinen Tal konnte nun nach oben abziehen und schaffte Platz für einen leichten Wind. Viele der Vögel putzten ausgiebig ihr staubiges Gefieder, einige suchten auch den kleinen Bachlauf auf, um sich besser mit dem Wasser reinigen zu können. Am Ende wurde Feder um Feder durch den Schnabel gezogen, eingefettet und wieder geschmeidig gemacht; einige der Vögel putzten sich auch gegenseitig die Köpfe, andere saßen aufgeplustert und dösten im warmen Wind vor sich hin. Als die Sonne begann, lange Schatten zu werfen und zunehmend hinter der Nordwand verschwand, waren auch die letzten aus dem riesigen Schwarm aus dem Gras bereit, ihre Plätze auf den Zweigen entlang der Südkante zu besetzen. Ein unbeschreibliches Gebrabbel setzte ein, jeder ließ die Spannung und Anstrengung dieses Tages aus sich heraus, so dass ein gewaltiges Gemurmel das Tälchen bis zu seinem Rand und darüber hinaus füllte und erst verstummte, als auch die letzte Helligkeit mit der Sonne verschwand.

Es war eine kurze und erholsame Nacht, die schon früh endete, als sich die ersten Sonnenstrahlen den Weg an der Nordkante vorbei bahnten und mehr und mehr Vögeln direkt ins Gesicht schienen. Sogleich setzte das Gemurmel wieder ein und schwoll zu einem mächtigen Konzert an. Jene Vögel, die im östlichsten

Bereich ihr Nachtlager gefunden hatten, waren auch die ersten, die sich unten am taufeuchten Boden tummelten und stärkten, bis sich immer mehr von ihnen dazugesellten und ein hektisches Geflatter den gesamten Boden des Areals bedeckte.

Als die Vögel, die zuletzt die Sonne und somit das Gras abbekamen, ausreichend gefuttert hatten, waren sie es auch, die das Startsignal zum Weiterflug gaben, indem sie sich laut keckernd vom Boden losstießen und über ihre Schwarmgenossen hinweg den Ausgang östlich des kleinen Tals ansteuerten, gefolgt von unzähligen anderen kleinen Vögeln, die mit ihnen schließlich oberhalb des Tals erneut einen großen Ball formten. Dieses Mal blieb kein Vogel zurück; die, die es bis hierher geschafft hatten, schafften es auch weiter.

Sarma verlor ihren Vater und ihre Geschwister schon bald wieder aus den Augen, doch das störte sie nicht, denn sie war wieder eins mit ihrem Rhythmus aus seichten Flügelschlägen geworden und trieb im Fluss der kleinen Vögel einfach mit, getragen vom Wind und den nicht endenden Rufen ihres Schwarms.

Es war noch sehr kühl, die Sonne stand noch zu tief, um, heiß zu sein, und so flog es sich gut an diesem Morgen. Unter ihnen hob sich die Landschaft weiter an und wurde felsiger, bis sich schließlich auch ihr Bachlauf zwischen den Klüften verlor. Die vorderen Vögel schlugen nun wieder eine südliche Richtung ein, und der komplette Tross folgte ihnen.

An diesem Tag sollte der Flug nicht lange dauern, denn als sich die felsige Landschaft wieder im Staub verlor, tat sich vor ihnen eine Savanne auf, die anders als bisher nicht im ewig-sandigen Rotton, sondern stark durchsetzt von vielen aschgrauen und schwarzen Feldern war. Zwischendurch ragten immer wieder die schwarzen Stämme verbrannter Eukalyptusbäume aus dem Boden, die sich schließlich zu einem ganzen Hain verkohlter Pfähle verdichteten.

In breiter Front glitten die Flieger am Rand des tot wirkenden Waldes hinab, landeten auf den Resten verbrannter Hölzer, direkt an den Stämmen, wo sie sich festkrallten, oder gleich direkt auf dem aschigen Boden, was unheimliche graue Wölkchen um sie herum aufwirbelte, die sich wie Schleier über die farbenfrohen Vögel legten. Die Borke war zu hart, die verbliebenen Äste boten kaum Schutz und Sitzgelegenheit für die Schar an Vögeln, und dennoch war dies ein guter Ort für ein paar Tage. Denn unter der Ascheschicht fanden sich zahlreiche nicht verbrannte Gräser mit teilweise halb ausgereiften Samenständen in Hülle und Fülle, Äste und Sträucher mit nahrhafter Rinde und saftigem Wurzelwerk.

An vielen Bäumen war die krustige Rinde geborsten, junge Triebe bahnten sich ihren Weg aus dem Holz heraus, frisch und voller Energie. Den Rest des Tages und einen weiteren vollen Tag blieb der Schwarm, bis auch der letzte Flecken aschiger Erde durchsucht war und die jungen Zweige bis in den Stamm hinein abgenagt waren. Die Vögel, die nachts keinen Platz auf einem der Äste gefunden hatten, hängten sich an die griffige Rinde der Stämme, was ihnen nichts ausmachte, denn bei dem verbrannten Grund war nicht mit unangenehmen nächtlichen Überraschungen von unten zu rechnen.

Der dritte Tag an diesem Flecken begann etwas anders, denn obwohl der Himmel klar war, fehlte der gewohnte satte Glanz der Morgensonne. Im Osten war die Sonne nur als eine fahle

Scheibe zu sehen, verdeckt durch breit gezogene Schleier-wolken. Nach einem kurzen, geschäftigen Frühstück machte sich der gesamte Schwarm auf und erhob sich in mit lautem Geschrei in den Himmel, Richtung Sonne und Wolken. Und auch, als die Sonne höher stieg und sich vom Dunst befreite, behielten die tausend Vögel ihre Richtung bei, die sie eingeschlagen hatten. Wie eine Kompassnadel zeigte die Spitze des großen Schwarms immerwährend nach Osten, dorthin, wo am Morgen die Wolken standen.

Der mehrstündige Flug wurde mehrmals durch kurze Futter-pausen im Staub der Savanne unterbrochen, immer dort, wo einzelne Halme und Grasbüschel davon zeugten, dass hier etwas Nahrhaftes zu finden sei. Wasser indes gab es nicht, was den kleinen grünen und blauen Vögeln aber nichts ausmachte.

In diesen ereignisreichen Tagen waren sie weit ins Innere Sahuls vorgedrungen, in das trockene, leblos scheinende Land aus rötli-chem Staub und Felsen, das durch gelegentliche Punkte matter Vegetation unterbrochen war, bewohnt nur von einigen Spinnen und Skorpionen, und wie sich am Muster im Sand zeigte, auch von manch einer Schlange, die ihre Spuren über den Boden wischte. An wenigen Stellen ragten verdorrte oder verbrannte Stämme in den Himmel, um die 20 Meter hoch und gesäumt von wenigem, ebenso verbranntem Geäst.

Als sie am frühen Nachmittag gerade eine felsige Anhöhe über-wunden hatten, tat sich vor ihnen eine weite Ebene auf, deren Enden links und rechts nur in der luftigen Höhe der Vögel auszu-machen waren. Links von ihnen, im Norden, wurde die Ebene durch gelbgraue, flache Felsformationen abgelöst, die weit in östlicher Richtung in die Landschaft hineinragten. Weit im

Süden wurde die Ebene durch einen kantigen Gebirgszug abgeschlossen, an dessen östlicher Kante weite Wald- und Buschlandschaften zu erkennen waren. Noch erfreulicher war aber der Boden direkt unter ihnen, denn statt des allgegenwärtigen Staubs war der Sand hier fester, gebunden durch den letzten Niederschlag, der allenfalls wenige Stunden zuvor über das Land gezogen sein konnte.

Trotz der hoch stehenden Sonne zwischen ihnen und dem Gebirgszug im Süden konnten die Vögel vor ihnen die aufsteigende Feuchtigkeit aus den Wäldern als flirrenden Dunst sehen, während ihnen die sauber gewaschene Luft spürbar entgegen kam. Ohne dass es eines Kommandos bedurft hätte, entstand in der Luft aus dem Keil ein unförmiges Gebilde, das sich immer wieder veränderte, da jeder Vogel und ganze Gruppen plötzlich ihre Position änderten, den vielen tausend Rufen aus hunderten Kehlen folgend, suchend, sich orientierend. Während das Gebilde weiter nach Südosten flog, direkt auf die Wälder zu, wurde es immer breiter und breiter, bis sich schließlich nach wenigen Minuten eine erste Gruppe aus etwa 50 bis 100 Vögeln losmachte und den nördlichen Rand der Baumgruppe ansteuerte. Kurz darauf gab es einen tiefen Riss durch den Schwarm, als sich die südliche Flanke des kleineren Verbundes, der vor wenigen Tagen erst zu ihnen gestoßen war, absonderte und unter dem restlichen Schwarm hindurch ebenfalls in Richtung des nördlichen Waldgebiets zusteuerte.

Sarma hatte ebenfalls vielfach gerufen, die vertrauten Stimmen gesucht und dann auch gefunden. Ihre Gruppe aus etwa 80 überwiegend grünen und wenigen blauen Vögeln hielt sich mehr in südöstlicher Richtung und erreichte den wohlig duftenden Eukalyptuswald schließlich etwa fünf Kilometer vor dem

Anstieg des Geländes im Süden. Jeder einzelne Vogel der Gruppe hätte einen Platz im dichten, immergrünen Laubwerk des Gehölzes gefunden, doch noch immer suchte man sich, auch unter dem nun vergleichsweise kleinen Schwarm gab es ein chaotisch scheinendes Durcheinander, bis schließlich eine Ordnung entstanden war, die offenbar jedem Vogel erst einmal gefiel. Die ersten zupften schon gierig an den Blättern oder nagten an den saftigen Zweigen, um an etwas Feuchtigkeit zu gelangen, während die meisten noch ihre Umgebung sondierten, um sich sicherer fühlen zu können.

Sarma hatte einen Platz an einer kleinen Astgabel etwa 25 Meter über dem Boden erobert, wo sich die knorrigen Äste des Eukalyptus immer mehr zerteilten und zu weichen, biegsamen Zweigen wurden, die frische Triebe und Knospen hervorbrachten und immer mehr Blätter freigaben. Auf einem davon erspähte sie einen kleinen schwarzen Fleck, und ohne zu Zögern griff sie zu und hielt den Käfer in ihrem Schnabel, bevor sie ihn zerstieß und schluckte. Eine gerade aufbrechende Knospe lieferte ihr zusätzlich Energie, die sie auch brauchte, denn sie war erschöpft. Sehr erschöpft, wie sie es selbst nach den längeren Flügen nicht kannte. Sie schüttelte ihr Gefieder und plusterte sich ordentlich auf; überall zwickte und zwackte es, als würde sie etwas stechen. Den anderen Vögeln erging es nicht so, und so pulte und wühlte sie sich durch ihr grünes Gefieder, zupfte verschiedene, locker sitzende Flaumfedern heraus und auch einige größere, die sich nicht durch ihren Schnabel ziehen lassen wollten. Ihr selbst fiel es nicht auf, einige Ältere kannten den unter diesen Vögeln ausgesprochen ungewöhnlichen Anblick jedoch schon an ihr und von ganz wenigen anderen Vögeln zuvor; auf Sarmas Kopf offenbarte sich ihnen längst, was sie selbst nicht sehen konnte; immer mehr davon zeigten sich, passten sich harmonisch in ihr bisher reingrünes Gefieder ein und ließen sie mit den jungen Eukalyptusblättern verschmelzen: Federspitzen, klein, zart und – gelb!

Die Entdeckung des Menschen

„Kiilykiilykari.“

Der Ruf war durch das anhaltende Gemurmel der etwa 70 Vögel, die auf ihren Ästen saßen und darauf warteten, dass die Sonne etwas tiefer stehen würde, zu hören. Sie hatten Hunger, aber noch war es ihnen zu heiß auf dem sengenden Boden der Savanne, um sich ihre Körner zu suchen. Eine Stunde würde es noch dauern, bis die Schatten ihrer Eukalyptusbäume länger wurden und halfen, den Sand etwas zu kühlen. Sie hatten Zeit, denn der Boden war voll mit Nahrung, und auch wenn es nicht reichen würde, um ein paar Wochen zu bleiben und neuen Nachwuchs heranzuziehen, konnten sie doch ein paar Tage ausruhen und ihre dünnen, leichten Körper zu Kräften kommen lassen.

Da war es wieder: *„Kiilykiilykari.“*

Tarant und einige weitere unter den jüngeren der kleinen, grüngelb-schwarz gezeichneten Vögel reckten die Hälse etwas vor, mit leicht geneigtem Kopf, um die Quelle dieses Rufs ausmachen zu können, doch vergebens. Da sich die Älteren überhaupt nicht aus der Ruhe bringen ließen, weiterhin die Köpfe im Rückengefieder stecken ließen, zumeist mit einem angezogenen Bein aufgeplustert auf ihren Zweigen saßen und ihre Atmung mit einer Vielzahl von Lauten verzierten, war auch Tarant eher interessiert als ängstlich, um zu erfahren, was sich hinter diesen Geräuschen verbarg. So lauschte er neugierig und wartete auf einen weiteren Ruf, doch er hörte erst einmal nur das stetige Auf- und Abschwellen der unterschiedlichsten Pfeif- und Gurrlaute, des Zickelns und Brabbelns in allen Tonlagen, die die Sittiche hervorbringen konnten.

Ohne ein einziges Geräusch des Herannahens zu hören, ein knackender Zweig, knirschender steiniger Sand oder raschelnde Pflanzen, tauchten plötzlich zwei Wesen aus der Senke vor der Baumgruppe auf, eines von halber Höhe eines Astes, auf dem Tarant mit einigen anderen seiner Gruppe saß, und ein etwas kleineres. Jedes sah so ganz anders aus als Tarants Artgenossen, wenn auch sie sich auch auf zwei Beinen fortbewegten und sich damit von anderen Wesen unterschieden, die er schon kennengelernt hatte. Statt der Flügel hatten sie unbefiederte Gliedmaßen, wie auch die gesamten Körper der beiden ohne Federn und Fell von einem graubraun war, das den Füßen der Vögel ähnelte. Nur auf den Köpfen und in der Körpermitte trugen beide Fell; das des größeren war schwarzgrau, das des kleineren etwas dunkler, beide aber mit dem ewigen rötlich-grauen Staub der Steppe überzogen. Der größere trug zusätzlich einen ledernen Riemen quer über Bauch und Schultern, der in einem Lederbündel an der Seite endete und sich kaum von der wettergegerbten Haut seines Trägers absetzte, sowie einen langen spitzen Stock.

Auch als sie sich bis auf wenige Schritte Tarants Baum genähert hatten, machten die älteren Vögel keine Anstalten unruhig zu werden oder gar zu fliehen, während ein paar jüngere sich lieber einen Platz weiter oben in den Bäumen suchten. Jedoch war die breite, singende Geräuschkulisse vorerst verstummt und setzte erst langsam durch einige Stimmen wieder ein, als alle die zwei Wesen erkannt hatten.

„Da sind sie, die Kiilykiilykari", sagte der Große mit leicht gedämpfter, kehliger Stimme.

Der Kleine staunte mit offenen, aufmerksamen Augen und versuchte, einen einzelnen Vogel auszumachen, was ihm aber selbst mit seinem geübten scharfen Blick nicht gelingen wollte, zu gut waren die Tiere an ihre Umgebung angepasst. So konnte er nur einzelne Bewegungen der Vögel erkennen, wenn die sich gerade umdrehten oder ihren Ast wechselten.

Schon oft hatte der Kleine, der Mungo genannt wurde, die Vögel gesehen und bestaunt, wenn sie in ihren riesigen Schwärmen über ihn und seinen Stamm hinweg zogen wie eine rasende, schwarz-grüne Wolke, in der nur schwer einzelne Individuen auszumachen waren. So nah war er ihnen allerdings noch nie gekommen, und noch nie hatte er sie so ruhig und entspannt sitzen sehen.

„Warum fangen und essen wir sie nicht?", fragte er neugierig.

Der Große lachte. *„Versuche nur einen von ihnen mit einem Wurf zu treffen, und alle werden weg sein, bevor der Stein auch nur Deine Hand verlassen hat, und für lange Zeit nicht wiederkommen"* sagte er leise. *„Vielleicht hast Du Glück und triffst wirklich einen. Sie sind zäh, Du wirst nicht satt werden sondern erst recht Hunger bekommen."*

Beide schauten und lauschten eine Weile. Die Gruppe hatte vollständig längst wieder ihren Gesang aufgenommen, zwar mit wachsamen Augen auf die zwei Wesen gerichtet, aber doch völlig entspannt.

„Was sagen sie?", fragte Mungo mit heller Stimme.

„Das weiß niemand so genau, nicht einmal die Alten. Sie glauben, sie erzählen die Geschichte unserer Welt."

„Aber alle erzählen doch etwas anderes?"

„Ja, weil unsere Welt so vielfältig ist. Jeder der Vögel hat einen anderen Pfad, von dem er erzählt. Hier haben sich einige von ihnen getroffen, der Ort ist etwas Besonderes. Bald werden sie weiterziehen und andere Vögel treffen. Vielleicht kreuzen sich

ihre Pfade nur, vielleicht vereinigen sie sich auch für längere Zeit. Niemand kennt den Verlauf seines Pfades, aber alle wissen, wie er bisher verlief. Wir werden heute Abend die Alten dazu befragen."

Schweigend sahen die beiden noch eine Weile den Vögeln zu, die sich nun nach und nach daran machten, den Boden aufzusuchen und nach Körnern zu scharren, die sich reichhaltig im Boden fanden. Die Schatten der Bäume erreichten nun auch die beiden Menschen und nahmen von ihren Füßen und dann stetig die Beine hinauf wandernd Besitz von ihnen. So wurde es um sie bald merklich kühler, und sie machten sich auf, um noch vor Einbruch der Dunkelheit ihren Stamm zu erreichen, der sein Lager eine Stunde entfernt in einer buschreichen Niederung eingerichtet hatte.

Der Stamm der Pitjukatja, zu dem die beiden gehörten, lebte schon seit Menschengedenken in der Region südlich des Heiligen Roten Felsens, den sie Uluru nannten. Ihr Stammesgebiet umfasste in südlicher und ost-westlicher Richtung jeweils viele Tagesmärsche, nur im Norden gab es die Begrenzung durch den Felsen, die nicht überschritten werden durfte. Hier trafen die Gebiete der anderen Stämme aufeinander, drei an der Zahl, und nur ihre Ältesten, die Stammesführer, Medizinmänner und Richter trafen sich zu bestimmten Zeiten in der Mitte des Felsmassivs, um zu beraten und in feierlichen Handlungen ihr Oberstes, ihre höchste heilige Stätte des Landes, dessen unverbrüchlicher Teil sie waren, zu ehren.

Als die beiden das Lager erreichten, war die Sonne schon hinter dem Horizont verschwunden. Mehrere Lagerfeuer erhellten die sternenreiche Nacht zusätzlich. Es duftete nach gebratenem

Fleisch von kleinen Beuteltieren und gedünsteten Früchten eines Baumes, die sie zuvor ausgepresst hatten und deren Saft sie heilende und schützende Wirkung zusprachen. Der Größere ging auf den Medizinmann zu, öffnete ein Lederbündel und zog eine Schlange hervor, die am Übergang vom Hals zum Kopf zertrümmert war, so dass der Kopf noch intakt war. Nach einem flüchtigen Blick suchte der Medizinmann kurz in den Utensilien an seinem Platz und zog einen scharfkantigen flachen Stein und ein zu einem langen Y gewachsenen Stock aus sehr festem, fast steinernem Holz hervor. Mit geübtem Griff entfernte er rasch den Giftzahn der Schlange samt Drüse, indem er an der richtigen Stelle im Oberkiefer den Stein ansetzte und den Kiefer aufschlitzte, während er mit der Öffnung des Stockes den Zahn herausbrach. Obwohl er große, verwitterte Hände mit rauer und rissiger Haut hatte, ging er dabei sehr vorsichtig zu Werke, knetete die Drüse sanft und ergoss den Tropfen, der aus dem Zahn herausperlte, in ein Stück Moos, dass er anschließend sorgfältig in feuchte, großblättrige Farne einwickelte, damit der Tropfen lange haltbar bleiben würde.

Mit einem Nicken gab der Medizinmann dem Größeren zu verstehen, dass er die Schlange nun nehmen und zum Feuer bringen könne. Der nickte ebenfalls, doch bevor er sich abwandte, sagte er:

„Wir haben rastende Kiilykiilykari gesehen. Mungo hat Fragen."

Der Alte sinnierte kurz, bevor er sprach. *„Er ist soweit. Mungo ist nun alt genug, er soll ab heute dabei sein. Sag´ es ihm!"*

Während der Größere zum Zentrum des Lagers, zu den Feuern der Männer und Frauen ging, die Schlange zum Häuten den Frauen übergab und einer der älteren Frauen am Rande zurief, dass Mungo ab heute bei den Männern sei, sprang der alte

Medizinmann erstaunlich behände auf und ging zum Platz der Ältesten, wo er kurz und eindringlich auf den Richter und den Stammesführer einredete, die schließlich bestätigend nickten. Auf ein kurzes, fast unsichtbares Winken des Stammesführers hin ertönte plötzlich ein stetiger Rhythmus aus geschlagenen dicken Bambusrohren, immer im gleichen Takt, weit in die Steppe hinaus, die anderen Geräusche der Nacht steril und unheimlich übertönend.

Bei den Frauen und Kindern wurde es unruhig, und Mungo wurde von vielen Händen auf diese Nacht vorbereitet, nach der er die Obhut der Frauen verlassen und selbst ein Mann unter den Männern sein sollte.

Als die Dunkelheit hereinbrach, waren auch die meisten von Tarants Artgenossen wieder auf ihren Bäumen, sattgefressen und entspannt. Das Treffen am Nachmittag mit den Zweibeinern hatten sie längst vergessen. Einige wenige Nachzügler suchten noch im letzten Licht nach Samen, als plötzlich ein sehr schriller Pfiff ertönte und im gleichen Augenblick alle Vögel in der Luft waren. Alle bis auf einen, denn Tarant konnte durch die wirren Flügelschläge der anderen etwa 15 Meter von ihm entfernt einen schmalen zuckenden Schatten erkennen. Das Fiepen hörte er nicht wegen des Geschreis all seiner Verwandten, doch im fahlen Licht der Dämmerung erkannte er schwefelgelb das Kopfgefieder eines Sittichs und den weiterhin zuckenden Körper der Schlange, der es bald gelang, das Flattern ihres Opfers zu bändigen und schließlich ganz zum Erliegen zu bringen.

Für den Schwarm war es schon zu dunkel, um sich noch aufzumachen und einen neuen, sichereren Ort zu suchen. So blieb nichts anderes übrig, als nach ein paar kleinen, lauten

Runden vorsichtig wieder im Geäst der Baumgruppe zu landen. Die Zweige waren gegen das matte Licht der Nacht gerade noch erkennbar. Es war eine durch und durch unübersichtliche Reaktion, denn anders als am Tage, wo sie die Nähe zu ihren Schwarmmitgliedern suchten und gern auch im dichtesten Gedränge saßen, wollte nun jeder Vogel einen eigenen kleinen Zweig haben, um in der Nacht die leisesten Erschütterungen in ihren sensiblen Füßen spüren zu können. Es gab dominantere Vögel, insbesondere unter den Hennen, die recht schnell ihren Platz gefunden oder erobert hatten und mit heftigen Bissen und Gezicke gegen andere Platzsuchende verteidigten. Das Nachsehen hatten die kleineren Hähne und die jüngeren Vögel, die immer wieder auffliegen mussten, um ihren gefundenen Zweig wieder freizugeben oder weil sie in Schnabelnähe eines stärkeren Vogels gelandet waren. Hier war sich jeder selbst der Nächste, immer wieder kam es zu Beißereien, bei denen auch mal beide beteiligte Vögel im undefinierbaren Federknäuel im Sand landeten, um sich sofort zu trennen und aufgeregt wieder nach oben zu fliehen.

Am Ende blieben nur wenige Zweige unbesetzt, einige Tiere mussten sich ihren Platz auf dickeren Ästen teilen, auch Tarant, der gemeinsam mit einem etwas älteren Hahn auf einem etwa fingerdicken Zweig saß, bevor dieser sich in zwei dünnere Zweige teilte, die wiederum besetzt waren.

Wie in Mungos Clan üblich, gab es keine besondere Zeremonie für den Abend, der aus ihm einen Mann, ein vollwertiges Mitglied seiner Gruppe machen sollte. Nach dieser Nacht würde er nicht mehr darauf warten müssen, dass die Männer sich versammelten und einer von ihnen nach ihm rief, um ihn mitzunehmen. Er würde fortan von Anfang an dabei sein und helfen dafür zu sorgen, dass alle Mitglieder seines Stammes mit ausreichend Schutz und Nahrung versorgt sein würden. Er würde seinem Clan geben können, statt nur zu empfangen. Das machte ihn sehr stolz, aber auch ehrfürchtig vor dem nahenden Augenblick, denn heute sollte er Vieles von dem erfahren, was nur die Erwachsenen und die Ältesten wussten und von dem er glaubte, dass es das sei, was sie in einem inneren Band zusammenhielt.

Nachdem die Frauen ihn gereinigt, mit dumpf-erdig duftenden Blättern eingerieben hatten und entlang seiner für sein Alter schon recht kräftigen Arme mit weißlicher, fast flüssiger Lehmerde jeweils einen Streifen von den Schultern bis hinunter zu den Händen gezeichnet hatten, wurde ihm bedeutet, jetzt zum zentralen Feuer des Clans zu gehen, an dessen einer Seite sich die drei Ältesten schon niedergelassen hatten, während der Rest des Kreises mit allen Männern des Stammes besetzt war. Mungo suchte sich eine freie Stelle fast gegenüber der Ältesten und gliederte sich so unaufdringlich, aber völlig gespannt auf das nun Kommende in den Kreis der schweigenden Männer ein.

Mit den ersten Worten des alten Stammesführers erkannte er, dass es keiner gesonderten Zeremonie brauchte - die mit greiser, aber fester Stimme vorgetragene Geschichte war die Zeremonie, die alle Anwesenden in ihren Bann zog, auch wenn viele von ihnen sie schon etliche Male gehört hatten. Denn es war immer wieder eine neue Geschichte, die sich mit stetem Erleben veränderte, das Gestrige in das Heute einbezog und das Jetzt im gleichen Moment zum Vergangenen machte.

„Wir sind alle eins", sagte er mit nachdenklicher Stimme, die dennoch von Mungo und allen Männern des Stammes gut vernommen wurde, denn ansonsten herrschte Stille in der Gruppe.

Selbst das Prasseln und Knistern des Feuers schien zu verstummen, die hellen Stimmen aus dem anderen Teil des Lagers rückten in die Ferne. Der Greis setzte erneut an, dieses Mal ebenso leise, aber mit festerer Stimme als zuvor:

„Wir sind alle eins. Das Land, das Wasser in seinem Boden, das die Pflanzen nährt und unseren Durst stillt wie den Durst der Tiere, der Laufenden, Springenden, Kriechenden und Fliegenden, der Großen und der Kleinen, der Mächtigen und Schwachen. Sie sättigen uns, und wir sie, sie zeigen uns ihre Pfade und begleiten uns. Wir alle tragen die Früchte und Samen in uns und bringen sie entlang der Pfade an neue Orte, die schon die Alten kannten. Sie sind neu, weil das Feuer, der Wind und das Wasser sie neu gemacht haben, und sie wollen sich so gestalten, wie wir uns gestalten und wachsen, wie die Bäume sich einzigartig formen, Blumen blühen und Gräser gedeihen.

Als einige unsere Urväter aufhörten, die Pfade zu gehen, weil sie den einen besonderen heiligen Ort fanden, an dem die Tiere mächtig, die Böden fruchtbar und der Wind gut waren, teilte sich das Land unter ihnen im Zorn, nahm viele von ihnen mit seinem heißen Atem auf und verschluckte sie; andere wurden von dem Wasser fortgespült oder stürzten in die tiefen Täler. Wenn einer seine Hand nicht benutzt, wird sie schwächer, das Blut wird bald nicht mehr fließen und er verliert erst sie, dann das Leben. Wer das Land nicht begeht, verliert es. Es dauerte viele Generationen, bis sich die verbliebenen unter unseren Vätern sammelten, den Irrtum verstanden und die alten Pfade neu beschritten.

Kiilykiilykari halfen ihnen dabei, denn sie blieben seit jeher auf den alten Pfaden und suchten die Marken auf, die unsere Väter so lange vernachlässigten, und sie mieden das geteilte Land, wie sie das große Wasser mieden. Wie sie es schon immer taten.

Kiilykiilykari folgen dem Regen, der vom Himmel kommt, und sie tragen ihm den Samen zum fruchtbaren Land hinterher. Sie tun das seit jeher, unsere Väter berichteten nie etwas anderes, und sie haben begonnen, von der Klugheit der Kiilykiilykari zu lernen.

Denn ihre Klugheit ist auch unsere Klugheit, die Klugheit der Laufenden, Springenden, Kriechenden und Fliegenden, denn alles ist eins. Der Funke des Lebens ist beständig, er springt weiter, wenn das Leben den Körper verlässt und erhält es so aufrecht, verändert es mit jedem Augenblick. Das Feuer stirbt, wenn es kein Holz und Gras bekommt – Holz und Gras, das früher lebte und das Leben dem Boden zurück gibt, während wir wie alle Tiere die Samen bewahren und weiter tragen.

Wir alle sind die Funken des Feuers, das über das Land geht und es schon immer tat, das Alte zu sich nimmt, damit das Neue leben kann, entsprungen aus dem Samen, gespeist von den Körpern und genährt von dem Wasser, das vom Himmel kommt."

Mungo träumte in der Nacht von Feuern, Pfaden, gewaltigen Wassern, Orten, die der Greis „Marken" nannte, von den *Kiilykiilykari,* mit denen er sich in die Lüfte erhob und mit ihnen reiste. Es war ein mächtiger Traum, und er war fortan Teil dieses Traums.

Auch für Tarant war es eine sehr unruhige Nacht, denn ständig streckten sich seine drei Mitstreiter neben ihm, wie er selbst es auch tat, um sofort flugbereit zu sein. Gerade wenn er wieder eingenickt war, bewegte sich das Gehölz unter ihm erneut, er spürte es unmittelbar und war wieder hellwach, um sich zu orientieren und seiner Sicherheit in diesem Moment zu vergewissern.

Ein weiterer Warnruf blieb in dieser Nacht aus, doch mit den ersten Sonnenstrahlen nahm die Gruppe ein paar wenige Samen und Tautropfen von den Halmen weitab von der Stelle auf, an der die Schlange am Vorabend zugegriffen hatte. Einige hatten gerade zwei, drei Körner gefunden, als der Schwarm abhob und sich auf seinen weiteren Weg machte.

Die größte Reise

In diesen Märztagen des Jahres 1865 herrschte eine aufgeladene Hitze in Freemantle, der kleinen Hafenstadt im Südwesten des neuen Kontinents am Swan River. Leicht wehte ein ablandiger Wind, der die spätsommerlichen Temperaturen des Landesinneren an die Küste trieb und der frischeren Brise des nahen Meeres keine Chance ließ, für etwas Luft und Abkühlung zu sorgen. Über den lieblos errichteten Häusern und Schuppen, den festgetretenen Sandböden und hölzernen Piers, selbst am Wasser über den sich träge hin- und herschaukelnden Frachtschiffen und kleinen Auslegerbooten flirrte die heiße Luft, durchmengt vom feinen roten Staub der Steppe. Die schlaff herunterhängende Flagge des Britischen Empires am Kopf der Hafenanlagen war zwei Schiffslängen weiter kaum noch zu erkennen.

Die schwere Luft roch nach dem drückenden Staub abgelagerten Getreides, nach dem Schweiß der vielen Männer, die eines der Schiffe kurz zuvor verlassen hatten und verdreckt und ausgemergelt vor einer Registrierstelle darauf warteten, ihr weiteres unfreiwilliges Schicksal in diesem trostlosen Land bald in die eigenen Hände zu nehmen.

Andere Männer, die zwar etwas gesünder aussahen, aber ebenso stark rochen, waren bereits damit beschäftigt, das Schiffsinnere notdürftig vom Gestank und den Hinterlassenschaften der Reisenden zu reinigen. Gerade verließen die meisten Seeleute das Schiff, erwartungsvoll und fröhlich auf die wenigen Annehmlichkeiten zustrebend, die das Kaff zu bieten hatte: Eine schnell überfüllte Kneipe, aus deren offener Tür Gegröle und Whiskygeruch strömte, und ein schäbiges Bordell, vor dem sich drei Männer darum prügelten, wer als nächstes an der Reihe sein würde.

Den Männern blieb nicht viel Zeit, denn bereits am nächsten Tag sollte ihr Schiff schon wieder auslaufen, diesen unwirtlichen und heißen Ort verlassen, der nichts weiter war als ein Drehkreuz für anlandende Menschen niederer Herkunft und die wenigen Schätze, die das Land Richtung England wieder verlassen sollten.

Die Ladung stand auch schon am Pier bereit – etliche verdorrte Eukalyptusstämme, deren Wurzeln in grobes Leinen gewickelt waren und die das Wasser, in das sie getränkt waren, kaum halten konnten. Die Bäume und ein paar größere und kleinere grob gezimmerte Holzverschläge, in denen den Neuankommenden unbekannte Tiere saßen – Beutelratten, Kängurus, Schlangen, Lauf- und Papageienvögel vornehmlich – waren gut von einigen besser gekleideten älteren Männern behütet, die fleißig in ihren Aufzeichnungen blätterten und mit schon länger ansässigen Männern verhandelten.

Ein paar Meter weiter standen unzählige weitere Kisten, an fünf Seiten fest vernagelt und oben mit einem holzgerahmten Drahtgeflecht versehen. Vor einer halben Stunde noch wurden sie eimerweise mit Wasser überschüttet, das bereits wieder zu trocknen und zu verdunsten begann. Aus den Kisten drang der Geruch von Kadaver und ein unaufhörliches Tschilpen und Rufen, Fiepen und Meckern. An einigen Spalten zwischen den seitlichen Kistenbrettern konnte man kleine krumme Schnäbel sehen, die hechelnd nach frischer Luft außerhalb ihres Gefängnisses suchten; aus anderen hingen grün-schwarze Flügel und einzelne Federn, teilweise zuckend oder schlagend, manche schlaff herunterhängend, blutig und von Fliegen bevölkert. An den meisten Kisten hatte sich an ihrer geschlossener Unterseite ein breiter, schlammiger Belag aus Kot und Urin angesammelt, festgetrocknet und durch die Eimerladungen warmen Wassers nur in Brocken gelöst. An einigen anderen Kisten Befand sich diese Schicht an der Oberseite, weil die Kisten zuvor vom Fuhrwerk gefallen und dann falsch herum wieder aufgestapelt wurden. An ihnen schwemmte das Wasser den Kotbrei durch die Ritzen ins Innere der Kisten.

Yok saß mit etwa 80 anderen Wellensittichen dichtgedrängt in einer dieser flachen Kisten. Keiner der Vögel hatte Platz, etwas die Flügel zu spreizen, um auf die unerträgliche Hitze zu reagieren. Einige hatten ihre Flügel über den Köpfen der anderen ausgebreitet und Mühe, sie wieder an den Körper zu bekommen. Beim ersten unsanften Ruck der Kiste würden Artgenossen gegen die filigranen Flügel stoßen und sie brechen oder aus ihren Schultergelenken kugeln. Andere, vor allem die, die nicht in der Nähe eines Spaltes saßen, kauerten apathisch am verdreckten Boden, immer wieder aufgeschreckt durch Gezeter in ihrer unmittelbaren Nachbarschaft, weil ein Vogel wieder auf den Schwanz eines Anderen getreten war.

Die einjährige Henne hatte es relativ gut getroffen; sie hatte sich einen Platz am Rand ihrer Kiste an einem Astloch auf Höhe ihres Unterbauchs erkämpfen können, und sie war in den letzten Tagen stark genug, diesen Platz zu verteidigen. So brachte der heiße Wind ihr zwar keine Abkühlung, aber er half, ihr Gefieder nach den ständig wiederkehrenden Wassergüssen rasch trocknen zu können und verschaffte ihr in dem stickigen Klima auch etwas Sauerstoff.

Sie hatte Hunger. Seit dem letzten Mal, als das dünnbreiige

Gemisch aus Wasser, Grieß und ranzig-bitteren Haferflocken in die Kisten gegossen wurde, waren schon wieder einige Stunden vergangen. Mehr Stunden als sonst, was mit dem lauten Treiben außerhalb der Kisten zu tun haben könnte. Mit den Blicken und ihrem Schnabel suchte sie ihre Umgebung ab, wie auch schon einige Augenblicke zuvor, wie mehrfach in der letzten Stunde. Vergeblich. So nagte sie weiter verzweifelt an dem splittrigen Holz, das sie durch das Drahtgeflecht erreichen konnte, mit dem die Kisten auch innen ausgeschlagen waren.

Als es von draußen immer heißer hineinwehte und die Luft in ihrem Gefängnis immer stickiger wurde, wurde es außerhalb des Verschlags hektisch. Einige Männer riefen laut durcheinander, schrille kurze Pfiffe ertönten dazwischen, und schließlich legte sich ein Schatten über Yoks Kiste, die dann angehoben und unruhig schaukelnd den Steg hinunter in den Bauch des Schiffes getragen wurde. Der Schatten verschwand kurz, doch da wurde schon die nächste Kiste über sie gestellt. Ebenso dunkel, wie es um sie herum im Schiffsinneren wurde, wurde es auch schnell warm und muffig, denn der Schatten des Schiffskörpers alleine vermochte nicht, die Hitze des Tages und die drückende Feuchtigkeit der nur grob gereinigten Bohlen aufzunehmen.

Ihr sensibler Körper hatte sich schnell dem seichten Wogen unter ihr angepasst, und als das Aufschlagen der weiter gestapelten Kisten aufhörte, die Luken knallten und es dunkel um sie wurde, verebbten auch die ängstlichen Rufe ihrer Artgenossen; Yok schloss die Augen, schläfrig vor Erschöpfung und Hunger.

Sie wachte einige Zeit später wieder auf, weil ein älterer, mürrischer Mann die Stiege in den Laderaum hinunter wankte und wütende Schreie ausstieß. Es dauerte nur einen kurzen Moment, dann öffneten sich die Luken wieder und die auskühlende Luft der Abenddämmerung drang schnell auch bis zu ihr vor. Zwei weitere Männer polterten die enge Stiege hinab und machten sich an den Frachtstücken am vorderen Ende des Laderaums zu schaffen. Der Erste lief immer zwischen einem großen Fass und den Kisten voller Vögel hin und her und verteilte kellenweise Wasser über die Kisten. Nicht sehr viel, aber auch Yok konnte zwei der Tropfen ergattern, die auf ihrem Rücken landeten und die sie gierig aus ihrem Gefieder aufleckte, bevor sie in der Enge der Kiste notdürftig begann, sich den Kot- und Urinbrei, der ebenfalls von oben auf sie herab tropfte, aus den Federn zu putzen, damit er dort nicht festtrocknet und verklebt.

Der andere hatte es nicht ganz so eilig. Er stapelte mehrere braune Säcke um, bis er zwei Stapel davon vor sich hatte. Jeweils einen Sack zog er vor seine Füße herunter, öffnete die Säcke und langte mit einem kleinen Schöpfeimer erst in den einen, dann in den anderen Sack. Er mischte den Inhalt des Eimers mit der schmutzigen Hand durch, griff sich große Portionen daraus, bis die Körner links und rechts aus seiner Hand fielen und stopfte sie durch die oberen Öffnungen und seitlichen Ritzen in die einzelnen Kisten, die er dafür etwas anhob, um an die darunterliegenden Verschläge zu gelangen. Es war genug für alle, sich die kleinen Bäuche zu füllen. Hektisch zernagte Yok zwei trockene Maiskörner und machte sich anschließend über den Weizen her, von dem der Hauptteil erst einmal in ihrem Kropf landete. Das letzte Korn zerkaute sie schließlich genüsslich knuspernd mit dem Schnabel und schlief dann in der sanften Kühle des Abends unter dem leichten Wogen des Schiffes ein.

Am nächsten Morgen wachte sie bereits vor der Dämmerung auf, weil der eng an sie gedrückte Körper neben ihr kalt wurde und begann auch Yok die Wärme zu entziehen. Mit einem raschen Biss hatte sie das Auge des toten Vogels im Schnabel. Das zweite Auge konnte sie nicht verteidigen, weil die Henne auf der anderen Seite des Kadavers ebenso schnell zuhackte und es ergatterte. Andere Vögel um sie herum begannen, im Gefieder des toten Artgenossen zu zupfen, fledderten an dem Körper und zupften ihn unter aggressivem Gezeter ein paar wenige Zentimeter zur Seite, die Yok zusätzlichen Platz verschafften.

Kurz darauf hörte sie ein unbekanntes Geräusch – die Schiffsglocke kündigte energisch das baldige Ablegen des Schiffes an. Über sich hörte sie Rufe und viele eilige Schritte, ein Beben, das mehrmals durch das Schiff ging, als mehrere Männer noch die steile Planke hochstürmten, die die Pier mit dem Oberdeck des Schiffes verband, dann ein Knallen, als die umgelegte Planke draußen auf den Boden aufschlug. Der Tag im kleinen Hafen Freemantles begann mit Auslaufen der Flut, die das Schiff aufs offene Meer hinaustrieb, das es für mehrere Wochen tragen sollte. Das leise Plätschern des Wassers zwischen Pier und Schiffswand war schon vergessen, die Geräusche des morgendlich geschäftigen Treibens einer Hafenstadt verebbten langsam, und mit der Zeit wurden auch die Schreie der Seevögel leiser und weniger und wichen dem Schlagen der Segel im Wind, die das Schiff aus seinem ständig leichten Schwanken im Hafen zu größeren Bewegungen in den Wellen verleiteten.

Als nach etlichen Minuten das laute Treiben an Deck des Schiffes abnahm und nur noch gelegentliche gebellte Befehle die einkehrende Ruhe an Bord durchdrangen, hörte Yok leise Schritte die Treppe zum Frachtraum hinunterkommen und die Reihen an Kisten abgehen. Eilig entfernten sich die Schritte wieder in Richtung des Oberdecks, bis sie erneut auf den Stiegen zu hören waren, übertönt jedoch von einer wütenden hellen Männerstimme und der brummigen vom Vorabend, die sich im lauter werdenden Streit erst abwechselten und dann sich zu überstimmen versuchten. Die hellere der beiden Stimmen wurde dabei immer hysterischer und war von dem immer aufgeregteren Schimpfen ihrer Artgenossen kaum noch zu unterscheiden. Yok erschrak etwas über das Gerumpel einiger Kisten, die angehoben und wieder fallen gelassen oder gerückt wurden. Auch über ihr zeigte sich kurz ein Lichtstrahl, als die Kiste oberhalb ihres Verschlags kurz angehoben und dumpf wieder fallen gelassen wurde. Schließlich wurde die tiefe Stimme immer zorniger, Yok spürte einen heftigen Tritt gegen ihren Kistenstapel, die Vögel unter ihr flatterten heftig und ängstlich schreiend auf, während die zornige Stimme sich entfernte und bereits auf der Stiege nach oben laut nach einigen Männern brüllte, bis sie sich am Oberdeck verlief. Wieder hörte sie Tritte die Stiegen herab kommen und über den Boden stampfen, dazu etwas weniger schrille Anweisungen der hellen Stimme, und nach minutenlangem Rumoren im Schiffsbauch wurde auch erst die Kiste über ihr und dann ihre eigene umgestapelt, so dass sie nun endgültig sowohl etwas Tageslicht durch die halb geöffnete Ladeluke des Frachtraums als auch dessen dämmrige Umgebung außerhalb des einfallenden Strahls erkennen konnte.

Die Luft für sie und ihre Mitgefangenen verbesserte sich rasch. Die vergitterte Öffnung schräg über ihr wurde leicht angehoben, eine menschliche Hand griff hinein und holte mit routiniertem Griff den Kadaver neben ihr und zwei weitere aus der Kiste. Ein Hahn etwas weiter von ihr, der sich den Fuß unglücklich im Bretterspalt geklemmt hatte und die ganze Zeit schon schrie und vor Schmerz wimmerte, wurde aus seiner Lage befreit und konnte sich, seinen Fuß schonend, in eine Ecke kauern. Sie alle hatten nun etwas mehr Platz durch die Entnahme der drei verendeten Vögel, so dass Yok kurz ihre halbgeöffneten Flügel strecken und etwas ausschütteln konnte. Kurz darauf kam wieder das Leben spendende Wasser in kleinen Schüben, gefolgt von Mais- und Weizenkörnern.

Bis auf einen heftigen nächtlichen Sturm etwa zwei Wochen nach Verlassen des Hafens, bei dem einige Kisten mit panisch schreienden und flatternden Vögeln zu Boden gingen, alle Verschläge daraufhin fest verzurrt wurden und die Ladeluke vorübergehend geschlossen werden musste, verlief die achtwöchige Reise ruhig. Immer wieder starben Vögel, auch in ihrem Verschlag, und wurden im Laufe des Tages herausgeholt. Als sie eines Tages Lärm und Unruhe außerhalb des Frachtraums wahrnahm und das gesamte Schiff samt Besatzung sich zur Landung am Scheldehafen Antwerpens bereit machte, waren in Yoks Kiste noch etwa 50 Wellensittiche, die wie sie zwar erschöpft, aber voller Angst und Lebenswillen darauf warteten, was nun als Nächstes mit ihnen passieren würde.

In den letzten Tagen war es deutlich kühler geworden, und nachdem ihre Kiste zusammen mit den anderen von Bord gebracht wurde, spürte sie einen feinen Regen in der dämmrig grauen Umgebung, bis ihre Sicht durch einen groben, sackartigen Stoff verdeckt wurde. Sie konnte ihn mit dem Schnabel erreichen, aber er schmeckte nicht, und so harrte sie weiter auf das kommende Geschehen, das im Minutentakt auf sie einprasselte. Ihre Kiste wurde erneut angehoben und landete auf dem Boden einer flachen Kutsche, wo sie unsanft über Holz gezogen und schließlich von weiteren Kisten zu allen Seiten umrahmt wurde. Kurz darauf begann es zu poltern, als sich die Kutsche über das holprige Pflaster des nach den revolutionären belgischen Unruhen erneut erstarkten Hafens auf den Weg machte.

Eine knappe halbe Stunde später, das Pflaster war schon knirschendem Sand gewichen, stoppte das Fuhrwerk in einem urbanen Außenbezirk der flämischen Großstadt, und die Kisten wurden erneut umgepackt. So konnte sie sehen, dass sie sich in einem sehr großen Raum befand, einer Halle fast, vollgestellt mit Regalen, in denen sich abertausende von nach vorne geöffneten und verdrahteten Kästen befanden. Yok wurde in ihrer Kiste in einen kleinen Raum getragen. Die Kiste wurde geöffnet und derb behandschuhte Finger umfassten dann auch sie. Sie biss und schrie, wie sie in ihrem geschwächten Zustand nur konnte, aber es half alles nichts, und so fand sie sich kurz darauf ebenfalls in einem dieser Kästen wieder, gemeinsam mit Yaarra, jenem Hahn, dessen eingeklemmter Fuß in den Wochen steif geworden war. Sie kauerte sich in die hinterste Ecke des Kastens, der Hahn humpelte zu ihr und drückte sich eng an sie, gleichzeitig schutzgebend und -suchend. Sie ließ es zu, und als ihr Kasten, ausgestattet mit einigen Getreidesamen, in einem der Regale verschwand, wurden beide ganz ruhig und schliefen bald ein, immer wieder durch Geräusche aus der großen, fremdartigen Halle aufgeschreckt.

Im Laufe der nächsten Tage beruhigten sich beide weiterhin; sie hatten sich an den Lärm der Umgebung gewöhnt, sie hatten aufgehört, ständig nach ihren Artgenossen zu rufen, die sie zwar hörten, aber in den danebenstehenden Kästen nicht sehen konnten, so oft sie sich auch neugierig zum Gitter an der Front des Kastens vorwagten und das Geschehen außerhalb ihres Gefängnisses verfolgten. Inzwischen war ihnen auch die metallene Kelle vertraut, die ihnen täglich eine Ladung Getreidesamen bescherte und den Boden unter ihnen immer dicker werden ließ. Das Wasser in dem ans Gitter gehängten Napf schmeckte abgestanden und blechern. Immer morgens wurde frisches Wasser schwungvoll zum alten obendrauf geschüttet, so dass auch immer etwas ins Innere des Kastens schwappte und den vorderen Bodenteil zum Gitter hin feucht hielt. Die Samen dort waren schon angequollen und rochen. Als Yaarra einmal in ein solches Korn biss, schüttelte und erbrach er sich sogleich heftig; diesen Geschmack von Schimmel kannte er bereits, durch ihn hatte er viele Mitglieder seines früheren Schwarms verloren. Er versuchte ansatzweise, mit seinem steifen Fuß die verdorbenen Samen nach draußen zu scharren, und als Yok verstand, was er vorhatte, scharrte sie emsig mit.

Immer wieder beobachteten sie, wie zwei Männer durch die Reihen gingen und die Kästen durch die Drahtgeflechte inspizierten. Manchmal öffneten sie die Klappe an der Vorderseite, einer griff hinein, holte einen toten Wellensittich heraus und warf ihn in den mitgeführten Jutesack, den der andere ihm hinhielt. Sie konnten auch beobachten, dass manchmal einer der „toten" Vögel noch wild flatterte, dem Sack aber nicht

50

entgehen konnte. Gelegentlich schlug die Hand mit einem Vogel noch zwei-, dreimal gegen die Kante des Verschlags, bevor sie zum Wurf ansetze. Die Kiste mit dem dann nur noch alleinigen Vogel wurde ein paar Zentimeter vorgezogen, so dass sie aus der endlosen Regalreihe an Kästen hervorstach, um in einer zweiten Runde der Männer später wieder mit Vögeln aus dem hinterem Lagerbereich aufgefüllt zu werden.

Die Prozedur wiederholte sich etwas über eine Woche lang täglich, am Ende war die Regalreihe um ein gutes Stück kürzer und im hintersten Teil klafften immer größere Lücken.

Eines Morgens wurde es sehr hektisch. Die beiden Männer eilten durch die Regalreihen, die letzten Kästen aus dem hinteren Teil der Halle wurden in die leeren Plätze im vorderen Bereich geschoben, bis dort wieder alle Reihen geschlossen waren und an die 2.000 Kästen einen gesonderten Bereich im Lager bildeten. Die Kästen, die sowieso umgestapelt wurden, wurden gleich auf dem Weg so gekippt, dass der dicke Belag aus Kies, Kot und Körnern durch die Gitter auf den Boden rieseln konnte. Die Kisten im vorderen Bereich der Halle, die an ihrem Platz verblieben, wurden ebenfalls aus ihren Regalen vorgezogen und so schräg gehalten, dass sich der Inhalt mit Ausnahme der schimpfenden und heftig flatternden Vögel in ihnen auf dem Boden davor ergießen konnte. Anschließend kehrten die beiden den ganzen Dreck mühsam zusammen und beluden einen Handkarren mit hohen Wänden damit, der zu diesem Zweck bereitstand.

Es dauerte eine ganze Weile, bis wieder etwas Ruhe in der großen Halle eingekehrt war und die Vögel sich abgeregt hatten. Da Yok und Yaarra jetzt sehr weit im vorderen Teil der Halle saßen, konnten sie sehen, wie zwei besser gekleidete Herren als die beiden schon bekannten Männer den Raum betraten. Sie unterhielten sich freundlich und gingen so die langen Reihen ab, eine Kiste nach der nächsten genau begutachtend. Yaarra baute sich, wie die Tage zuvor auch, schützend dicht halb vor, halb neben Yok auf, so dass auch dieses Mal nicht auffiel, dass eines seiner Beine steif war, was ihn unweigerlich in den Sack befördert hätte. Am Ende des Rundgangs wirkten beide Geschäftsleute zufrieden und verließen die Halle wieder durch das große Tor, während die Vögel an diesem Tag länger darauf warten mussten, Futter zu bekommen. Kurz nachdem es kam, wurden die Verschläge, einer nach dem nächsten, erst auf den Handwagen und von da aus auf mehrere bereitstehende, von jeweils einem Pferd gezogene Lastkarren vor der Halle geladen. Dort draußen konnten sie sehen, dass schon wieder hunderte der großen, verdreckten Kisten, mit denen sie auch vor wenigen Wochen angekommen waren, bereit standen, offenbar mit jenen Karren angekommen, auf denen sie nun auch ihre weitere Reise ins Unbekannte antreten sollten.

Diese Reise war jedoch kurz, denn sie endete nach etwa 10 Minuten schon am Bahnhof der Stadt, wo riesige stählerne und dampfende Ungetüme großen geschlossenen oder noch weit offenen Holzwagen vorstanden. Vor einem dieser offenen Wagen machten die Kutschen Halt, und eine nach der anderen gab ihre laut zeternde Fracht ins Wageninnere ab. Die Verschläge waren eng an eng und auch übereinander gestellt, mit ihren Rückseiten aneinander, so dass die vergitterten Öffnungen gegenüber lagen, in einem Abstand, dass gerade noch ein Mann zwischen ihnen hindurch konnte, wenn er seitwärts ging. Yok und Yaarra konnten gegenüber ihre Artgenossen erkennen, auf den Sichtkontakt folgte ein freudiges zwitscherndes Begrüßen, das von der Gegenseite auch mehrfach beantwortet wurde und erst endete, als sich die großen Schiebetüren des Waggons schlossen. Nur durch die Klappen an den Seitenwänden unterm gewölbten Dach des Wagens fand dämmriges Licht ins Innere. Der Waggon begann schließlich zu ruckeln und anzufahren. Das Geratter der Stahlräder auf den Schienenübergängen unter ihnen beunruhigte sie zuerst zwar, doch nach kurzer Zeit schon ließ das gleichmäßige Geräusch sie alle schläfrig werden, untermalt vom leisen Geplapper einiger, das zusätzlich für Entspannung sorgte.

Die Fahrt dauerte mehrere Tage, obwohl sie dabei wohl nicht viel Strecke zurückgelegt hatten, denn mehrmals am Tag, teilweise im Stundentakt, hielt ihr Zug; manchmal in riesigen gläsernen Bahnhofshallen, in denen sich der Dampf der Lokomotiven in den Kuppeln fing und bizarre Figuren formte; manchmal aber auch mitten auf freier Strecke, wie es schien. Dann wurde auch ihr Waggon geöffnet, bunt uniformierte Männer erkundeten den Raum, wozu sie manchmal auch einige der Kisten anhoben. Durch die große Schiebetür konnten Yok und Yaarra manchmal grüne Bäume im Hintergrund sehen. Ein Gefühl aus tiefer Traurigkeit, Sehnsucht nach dem Himmel und dem Fliegen legte sich über sie, manchmal breitete Yok ihre Flügel aus und wirkte, als wolle sie zum Flug ansetzen. Alles in ihrem Körper schrie danach. Dann begann sie hektisch an ihrem Verschlag zu nagen, in der Hoffnung, dass sie die vergitterte Klappe doch noch geöffnet bekäme, aber wie in den vielen Tagen zuvor blieb sie auch dieses Mal erfolglos. Yaarra ließ sie, bis sie ganz erschöpft von dem Holz abließ, und kraulte und fütterte sie dann, die sie meist zu kraftlos wirkte, selbst noch die Getreidesamen zu öffnen. Kurz darauf schlossen sich die Türen wieder und die Fahrt ging weiter, quer durch das von Grenzen und jungen Kriegen zerklüftete Deutschland, unterbrochen durch die sich immer wiederholenden Kontrollen oder dem Umkoppeln einiger Waggons.

Nachdem in Köln schon ein beträchtlicher Teil der Verschläge wieder ausgeladen wurde, war am frühen Morgen des dritten Tages auch ihr Verschlag an der Reihe, zusammen mit etwa 20 weiteren Kästen. Per Hand wurden die Holzverschläge von ihrem Waggon in einen gegenüber bereitstehenden weiteren getragen. Die frische Luft erinnerte sie ein bisschen an das Meer. Aus anderen Waggons wurden weitere Güter herangeschleppt oder mit einem Handwagen vorgefahren, bis der Waggon schließlich leidlich gut gefüllt bereit stand und verschlossen werden konnte. Die Kästen mit den Vögeln nahmen nur einen kleinen Raum in dem Wagen ein, dafür waren sie deutlich hörbar.

Sie hörten, wie der Wagen an einen herangerollten Zug angekoppelt wurde, der sich bald darauf wieder in Bewegung setzte. Dieses Mal dauerte die Fahrt allerdings nur wenige Stunden, unterbrochen von einigen Halten und einer erneuten Kontrolle. Schließlich endete die Reise in einem kleinen Bahnhof. Wie sie beim Ausladen sehen konnten, lag dieser an einem großen See, der fast rundherum von kleinen Wäldern und Wiesen umsäumt war. Nur an der linken Seite in einigen hundert Metern Entfernung zur kleinen Bahnstation waren die Häuser eines kleinen Dorfes zu erkennen und daneben ein prächtiges Schloss, das auf einer vorgelagerten Insel gelblich im Sonnenlicht strahlte. Überhaupt: Sonne! Es war das erste Mal seit etlichen Wochen, seit dem stickigen und überhitzten Hafen Freemantles auf dem fernen Kontinent, dass die Vögel wieder länger als ein paar Augenblicke die Sonne in ihrem Gefieder spürten, dazu die frische und angenehm kühle Luft des Spätfrühlingstages atmeten und das warme Licht als Dusche empfanden, unter der sie ihr mattes Gefieder schütteln und auslüften konnten, sich putzen und ob dieser Eindrücke auch ein paar fröhliche Rufe loswerden.

Zusammen mit ein paar Säcken, fest vernagelten Kisten und offenen mit frischem Gemüse aus entfernteren Regionen wurden sie nach einer Stunde des Wartens im Bahnhof auf einen flachen Karren geladen. Die zwei Pferde, die ihn zogen, kannten ihren Weg offenbar gut, denn der Mann auf dem Kutschbock, der auch selbst beim Beladen des Fuhrwerks mit angepackt hatte, konnte die Zügel locker in der Hand halten, während die Kutsche erst auf das Dorf steuerte, dort über das Kopfsteinpflaster holperte, um es schließlich in Richtung des prunkvollen Schlosses wieder zu verlassen, verfolgt von einigen aufgeregten Kindern, die durch das Zwitschern der Vögel ange- lockt waren.

Nachdem das Fuhrwerk den Schlossgarten in einem leichten Bogen umfahren und die steinerne lange Brücke überquert hatte, hielt es an der Rückseite des hochaufragenden Baus, an dem sich auch die Wirtschaftsgebäude befanden. Die Ver- schläge wurden einzeln zu einem etwas abseits stehenden Holzhaus getragen, wo andere Wellensittiche und ihnen unbe- kannte Vögel hinter einem engmaschigen, etwa 4 Meter breiten Gitter umherflogen und die Wellensittiche sich sogleich unter- einander begrüßten. Als alle Verschläge vor der Hütte standen, trat eine ältere und sehr feine Dame aus der Tür zur rückwärtigen Terrasse des Schlosses und schritt sichtlich neugierig auf die Verschläge zu. Der Zustand der stark verdreckten und stinkenden Kästen ließ sie die Nase rümpfen, aber als sie sich auf die Vögel in ihnen konzentrierte, entspannten sich ihre Gesichtszüge, in denen sich lächelnd ihre unverhohlene Freude breit machte. Der Kutscher sprach sie mit „Frau Gräfin" an, als sie ihm mit einer ausladenden Armbewegung deutlich machte, er könne die Vögel jetzt zu den Anderen lassen, was er dann auch eilig, aber gut gelaunt und sorgfältig auch befolgte. Denn er wusste, dass wenn sich die Gräfin sorgsam, fast liebevoll um die Undulatus-Papageien kümmerte, die sie seit vielen Jahren auch schon erfolgreich nachzog, alle Sorgen des Alltags um die ständigen Kriegswirren verflogen und zumindest kurzzeitig Entspannung auf dem Anwesen eintrat. So etwas wie Frieden. Und das machte auch ihm gute Laune.

Yok und Yaarra aber durften, als ihr Kasten endlich an der Reihe war und innerhalb des offenen Holzhauses geöffnet wurde, nach über drei langen Monaten in der Enge endlich wieder fliegen! Sie konnten es kaum fassen, als das Gitter an ihrem Verschlag geöffnet wurde, und drückten sich erst an dessen Rückseite. Doch als aus dem Verschlag neben ihnen die beiden Vögel laut schimpfend losflogen und Yaarra unwillkürlich auch zum Start ansetze, war Yok schon an ihm vorbei und schoss mit kraftvollen Flügelschlägen durch die gesamte Länge des Raumes, gefolgt von ihrem treuen Begleiter. Sie machte kurz auf einer gedrechselten Stange am Kopfende des Geheges Halt; Yaarra, der wegen seines versteiften Füßchens auf Anhieb nicht richtig landen konnte, rutschte ab, um sofort wieder mit Yok durchzustarten, diesmal zur anderen Seite des Raums, immer und immer wieder, wie ihre Mitreisenden auch. Sie haben es geschafft, endlich waren sie wieder angekommen. Irgendwo.

Peter und Heinrich

Es war noch mitten in der Nacht, als Heinrich erwachte, schweißgebadet und von Albträumen geplagt wie in den meisten Nächten seit der Flucht. Der Einhändige versuchte sich zu orientieren, bis ihm klar war, dass er sich neben seiner hochschwangeren Gerda im schmalen Bett befand, die eng an die Wand des kleinen Zimmers gedrückt tief schlief. Auf der anderen Seite des Raums lag Gisela in ihrem Kinderbettchen, dessen Fußende entfernt wurde, weil es zu kurz für die fast Vierjährige geworden war. Bald müsste ein breiteres Bett für sie her, obwohl es so schon viel zu eng war in dem Raum; dann würde Gerda erst einmal mit dem Baby im ehelichen Bett schlafen, bis es groß genug sein würde, zu Gisela umzuziehen. Heinrich sollte so lange auf dem durchgesessenen Sofa im großen Wohnzimmer schlafen.

Mit zitternden Händen griff er nach dem laut tickenden Wecker auf der Fensterbank und versuchte, im schwach von außen hereindringenden Mondlicht die Zeit zu erkennen. Halb 3 Uhr morgens. In zwei Stunden würde der Wecker klingeln, doch er stellte ihn aus und stand auf, weil er sowieso wieder nicht weiterschlafen konnte.

Nachdem er in der modernen Neubauwohnung im Dunkeln gepinkelt hatte, wobei der erste scharfe Strahl danebenging und die zum Trocknen aufgehängte Wäsche links von ihm in der Duschecke traf, schleppte er sich ebenfalls im Dunkeln ins Wohnzimmer hinüber, in ihm noch immer die Bilder der traumgeplagten Nacht. Erst als er auf seinem Stuhl am Kopfende des großen Tisches saß, die Flasche aus dem schmalen Schrank hinter ihm und dazu ein kleines, sauberes Glas geholt hatte, welches er zittrig eingefüllt und dann mit einem großen Schluck geleert hatte, wurde er etwas ruhiger. Er wusste, nach ein paar weiteren Schlucken Korn würde die Erinnerung wieder verblassen und mit ihr die tiefe Reue, die er empfand.

Er bereute nicht, dass er als Oberfeldwebel der Wehrmacht aktiv so vielen Menschen den Tod gebracht hatte, aus den gegnerischen Reihen, aber auch aus den eigenen; die vielen jungen Männer, Kinder fast noch, die seinem Zug angehörten und die durch ihn in die erbittertsten Kämpfe geführt wurden; die er durch seine Autorität, scharf gebellte Befehle und Durchhalteparolen dazu brachte weiter zu machen, wo längst ein Aufhören notwendig gewesen wäre. Er hatte ja selbst nur Befehle befolgt, es war sein Beruf, und etwas Anderes konnte er nicht. Immer die Worte des Pfarrers dabei im Ohr, der ihn damals in den Krieg verabschiedete: „Gib dem Kaiser, was des Kaisers ist", und das galt so lange ja auch für den Führer.

Diese Zeit vermisste er einfach nur, all die Schrecken und Grausamkeiten dabei ausblendend. Er war ja schließlich was, er hatte was erreicht, und in dieser Position hätte er gut seine Familie ernähren können, ein guter Vater und Christ sein können. Stattdessen hatten sie ihm die Hand weggeschossen. Der Russe. Er wollte ganz nah bei seiner Familie sein, als der Russe in die Heimat einmarschierte, vielleicht sogar in den letzten Zügen des Krieges desertieren; es kam etwas anders als gedacht, denn nun kamen sie zu ihm, nach Marienburg ins Lazarett, seine Gerda, ihre Eltern und ihr Ältester, Herbert, im strengen ostpreußischen Winter 1944/45 drei Jahre alt. Dafür hatten sie alles Hab und Gut stehen lassen, sogar die Familienbibel, sind mit den Flüchtlingsströmen von Tharau nach Marienburg gezogen, immer den Russen im Nacken. Jetzt sahen sie ihn so. Er war nicht dabei, als seine erste Tochter geboren war und direkt danach verstarb; sein Schwiegervater, ein einfacher Gutsknecht, hatte gerade noch die Nottaufe vollziehen können. Er war nicht dabei, als seine kleine Familie den beschwerlichen Marsch durch die eisige Kälte antrat, als sie nach halber Strecke ihres kleinen Ziehwagens mit den wenigen Habseligkeiten beraubt wurden, von Ihresgleichen, von Landsleuten, für die er doch gekämpft hatte. Herbert war zum Schluss sehr schwach und musste abwechselnd von den Erwachsenen getragen werden. Wenigstens ihn sah er am Ende noch, fiebrig und mit schwerem Durchfall, doch er musste loslassen.

Für seinen Dienstrang hoch dekoriert und mit seiner Verwundung gelang es ihm zumindest, mit dem Rest seiner Familie nach Danzig zu ziehen und für sie den nächsten Transport auf einem der Flüchtlingsschiffe zu organisieren, das sie ins holsteinische Neustadt bringen sollte. Als sie im dichten Gedränge der Flüchtlinge ankamen, hatte sich die Nachricht der versenkten „Wilhelm Gustloff" bereits herumgesprochen und ließ etliche aus Furcht umkehren und es auf dem Landweg versuchen.

Das alles war zu groß für ihn, den einfachen Soldaten, der sich im Wehrmachtsgefüge hochgedient hatte. Er verstand nicht, warum nun alles falsch gewesen sein sollte. Politik verstand er ja sowieso nicht. Er brauchte klare Anweisungen, nach denen er handeln konnte und die er weitergab. Das fehlte ihm. Er fühlte, dass er versagt hatte, doch er wusste nicht, was er hätte anders machen sollen. Also machte er auch jetzt so weiter. Zu Hause wie an seinem Arbeitsplatz. Er hatte wenigstens einen, auch wenn er ihn verachtete. Der stramme Oberfeldwebel von damals musste jetzt Abwasserkanäle im überquellenden Kohle- und Stahlrevier reinigen, wo auch viele Monate nach dem Krieg immer noch Menschenströme ankamen und hofften, in der wiedererstarkenden Stahlindustrie Arbeit zu finden und Fuß zu fassen. Tag für Tag war er mit seinem Trupp unterwegs, überall dort, wo Trümmer und Geröll immer noch die Leitungen verstopften, wo es stank oder das Wasser aus den Gullys hervorquoll, bis seine derbe Kleidung am Nachmittag genauso faulig roch wie der Schlamm in den Kanälen. Auch deshalb trank er, weil er all das nicht ertragen konnte. Weil es unter seiner Würde lag.

Als er sich erneut eine Zigarette ansteckte, die fünfte mittlerweile, und er von dem Rauch und dem Korn heftig husten musste, regte Peter sich. Die Dämmerung war nun weiter fortgeschritten, es war so hell im Wohnzimmer, dass er mit einem Piepsen aus seinem einfachen Käfig auf dem wuchtigen Schrank heraus kommen konnte und zu Heinrich auf die Schulter flog, um ihn freudig zu begrüßen. Er kletterte auf Heinrichs Pyjama herum, auf diesen breiten Schultern, knabberte zärtlich an seinen Bartstoppeln und leckte ihm salzigen Schweiß von der Haut. Er flog um Heinrichs Kopf herum, setzte sich auf die hingehaltene Hand und hüpfte von dort aus auf den Tisch, als Heinrich nach seiner brennenden Zigarette im Aschenbecher griff. Dort begrüßte er wie jeden Morgen erst mal all seine Freunde: den Kugelschreiber, den er hinunter schubste und ihm hinterhersah, das Feuerzeug mit dem glänzenden Kopf, den Porzellan-Aschenbecher mit Goldrand, das Kornglas, das er mit langem Hals sanft an seinem Rand ableckte. Heinrich legte einen Pappbierdeckel darüber, den Peter besetzte, um an dessen Rand zu knabbern. Als der blaue Hansibubi zu einer fröhlich-kraftvollen Runde durch das Zimmer aufbrach, fiel der Deckel vom Glas, und Heinrich legte ihn grinsend direkt auf den Aschenbecher, denn er wusste ja schon, dass Peter gleich wieder mitten auf dem Tisch landen und dabei die Asche über die ganze Fläche verteilen würde.

So ging es noch eine ganze Weile – Peter hielt mit einer Kralle das Feuerzeug weg und schob sich mit dem anderen Füßchen an, bis er mit dem Feuerzeug an der Tischkante abstürzte und schimpfend aufflog, während Heinrich das Feuerzeug wieder vom Boden aufhob, zusammen mit dem Kugelschreiber, damit Peter sich gleich wieder mit stolzgeschwelltem Kopf auf die Dinge stürzen konnte. Sein Lieblingsspiel, vor Allem, wenn Heinrich mit seinen dicken Fingern hinzukam und mit ihm um die Beute kämpfte. Am Ende ließ er Peter immer gewinnen, und Peter fühlte sich so gut dabei.

Inzwischen war es vier Uhr durch. Heinrich hörte Gerda nebenan erst die Toilette benutzen, leise schimpfend am Wäscheständer scharren, sich die Hände waschen und dann in der Küche. Kurz darauf pfiff der Wasserkessel, und während sie den Muckefuck aufgoss, kam sie mit einem feuchten Lappen ins Wohnzimmer, gab Heinrich tief atmend einen flüchtigen Kuss auf die unrasierte Wange und wischte um ihn herum den Tisch sauber. Kurz danach kam sie mit der Kaffekanne und einem Teller mit kleinen belegten Graubrotstücken wieder; Hasenbrot, für den Einhändigen in mundgerechte Portionen geschnitten, dünn mit Butter, dafür etwas dicker mit gekochter Mettwurst, Teewurst und Käse belegt. Noch bevor Heinrich schweigend zugreifen konnte, war Peter schon an dem Teller und knabberte gierig mit von dem Brot. Den Käse schüttelte er sich aus dem Schnabel, die Wurst mochte er aber, und als Heinrich sich das letzte Stückchen griff, flog Peter auf seinen Finger und sie bissen gemeinsam in das Brot, bis es weg war.

Heinrich rauchte mit dem letzten Schluck der Lorke noch eine Zigarette, Peter suchte den Teller und die darum liegende Tischfläche nach weiteren Krümeln ab. Als Gerda ihm ein frisches Hemd für die Arbeit heraus gelegt hatte, ging Heinrich leicht wankend ins Bad, um sich zu rasieren, oberflächlich zu waschen und anzuziehen. Die schlimmen Träume der Nacht waren vergessen.

Gerda räumte unterdessen im kurzen Flur den schmalen Verkaufstresen beiseite, der noch vom Vorabend unmittelbar vor der Wohnungstür stand und die Grenze zwischen ihren Kunden des Stubenladens und der Wohnung bildete, die auch zugleich Warenlager war. Bis spät in den Abend hatte es noch geklingelt und die Nachbarn verlangten vor Allem nach Bier, Schnaps und Zigaretten, gelegentlich auch nach Schokolade oder Resten von im Laufe des Morgens gekochtem Eintopf, den sie in die mitgebrachten Behälter füllte. Immer mit Speck, Wurst kostete extra.

Sie kochte Heinrich eine verwahrte Portion für den Tag auf, füllte sie vorsichtig in seinen Henkelmann, den sie zusammen mit weiteren belegten Broten, einer Schachtel Overstolz, der kleinen Thermosflasche mit Korn und einer Flasche Bier für die Mittagspause in der abgegriffenen Ledertasche ihres Mannes verstaute.

Als Heinrich mit seiner Morgentoilette fertig war, ging er ohne die Tasche zuerst zur Haustür. Er pfiff nach Peter, der ihm am Badezimmerspiegel hängend Gesellschaft geleistet und sich mit seinem Spiegelbild beschäftigt hatte, während Heinrich sich wusch. Peter kam sofort auf seine Schulter geflogen, und gemeinsam gingen sie ins Treppenhaus, die paar Stufen von der Parterrewohnung abwärts und noch tiefer in den Keller des nach dem Krieg rasch hochgezogenen Mehrfamilienhauses. Heinrich schloss die Tür eines blickdichten Lattenverschlags auf und drehte das Licht in dem Kellerraum auf, woraufhin Peter sofort auf die Voliere in der hinteren rechten Ecke des engen Kellers zuflog und sich an deren Gitter festhielt, neugierig Kontakt zu seinen Artgenossen suchend.

Der Keller war übervoll mit Allem gestapelt, was Gerda für ihren Stubenladen brauchte. Rechts standen deckenhohe Regale bis direkt an die Voliere heran, die selbst etwa 80 Zentimeter in der Breite beanspruchte und ebenso hoch war. Links befand sich ein riesiger Eisschrank, über dem auch wieder Regale hingen. Alles war vollgestopft mit Dosen, Kartons und papierumwickelten Päckchen, fein säuberlich sortiert. Von der Decke hingen mehrere geräucherte Schinken und Speckschwarten und Körbe mit Zwiebeln, Sellerie und getrockneten Kräutern. In die dunkelste Ecke zwischen Eisschrank und Wand gequetscht waren zwei grob gezimmerte Kartoffelkisten übereinander gestapelt, eine für feste und eine für mehlige Kartoffeln. Bald würden sie wieder in die Soester Börde fahren müssen, zum Bruder eines Arbeitskollegen, dem Bauern, und Vorräte auffüllen. Eine Tortur für die schwangere Gerda, für Gisela, und für den VW Käfer, der dann zenterweise beladen die über zweistündige Rückfahrt schaffen musste.

Heinrich schlängelte sich zum hinteren Ende des Kellers durch und schaute nach den Vögeln in der Voliere. Ganz oben zur Vorderseite, auf Höhe seiner Stirn, waren mehrere Holzklappen angebracht, die er nach und nach öffnete. Drei waren leer, wie gestern auch schon, in der vierten Klappe saß eine Henne auf zwei Eiern, die unruhig wurde, als Heinrichs Kopf vor ihr auftauchte, aber sitzen blieb. Drei Küken bewegten sich hilflos auf dem Boden des Kastens, eines war erst in der Nacht geschlüpft, und alle fiepten und sperrten weit ihre Schnäbel auf. An der Rückseite tauchte im kleinen Einstiegsloch der Hahn auf, den Kropf voll mit Körnchen, und er begann sofort, ohne sich von Heinrich stören zu lassen, den Brei zu verteilen.

Heinrich griff unter das Regal zu einem Glas und fischte dort eine dicke Made heraus, die er der brütenden Henne vor den Schnabel hielt. Sie biss sofort zu. Er stellte das Glas auf den Eisschrank, um es gleich nicht zu vergessen, denn er musste von unterwegs Nachschub besorgen, den er überall fand bei seiner schmutzigen Arbeit. Nachdem er die Holzklappe wieder gut verschlossen hatte, öffnete er den Käfig an der Gittertür, machte dann einen tiefen Griff in den großen Papiersack, der wiederum in einem Blecheimer stand, wegen der Mäuse, und verteilte das Futter in der Voliere. Das wiederholte er noch einmal, wobei er zwei Körnchen Peter hinhielt, die er direkt wegknusperte Den Rest des Wassers aus dem eingehängten Blechnapf verteilte er auf dem Kellerboden, stellte ihn auf dem Regal ab und griff zu einer braunen Flasche mit Gummiverschluss, aus der er den Napf wieder auffüllte und dann zurück in den Käfig hängte, bevor er diesen wieder sorgfältig verschloss.

Peter hing die ganze Zeit am Gitter und beobachtete, was Heinrich tat. Der war interessanter als das knappe Dutzend Wellensittiche hinter den Gittern, mit denen Peter nicht viel anfangen konnte. Er war von klein auf bei Heinrich aufgewachsen, den seine Kollegen Vogel-Heinrich nannten, da sie von seinem Hobby wussten. Ein Kollege hatte vor Jahren das kleine, kaum befiederte Etwas, das von der Mutterhenne verstoßen war, mit zur Arbeit gebracht. Eigentlich wollte Heinrich ihn zu den Anderen setzen, wenn er ausgewachsen war, aber er hatte schon nach wenigen Tagen gemerkt, wie sehr ihm der kleine Mann fehlte, wenn er morgens allein an seinem Wohnzimmertisch saß, oder wenn er müde und durstig von der Arbeit wieder kam und sogleich stürmisch begrüßt wurde, noch bevor Gisela ihm an die Beine fiel.

Als er gemeinsam mit Peter wieder oben in der Wohnung war, war es bereits nach halb Sechs. Er warf Peter ins frisch durchgelüftete Wohnzimmer, der fröhlich schimpfend zu seinem Fensterplatz losflatterte, wo er den ganzen Tag auf Heinrichs Wiederkehr warten würde, schnappte sich seine gefüllte Tasche und rief Gerda in der Küche ein heiseres „Bin weg" zu. Sie war schon wieder dabei, den am Vortag vorgekochten Eintopf erneut aufzukochen, Steckrüben diesmal, und sie war wie immer morgens in Eile, denn ab 6 Uhr würden die ersten Kunden klingeln und sich bei ihr mit Suppe, Zigaretten und Bier für den Tag eindecken. Dafür musste sie selbst noch einmal in den Keller, um sich daraus für den ersten Schwung an Kunden morgens einzudecken.

Sie sah, dass Heinrich das Glas für die Maden stehen lassen hat, und wieder schimpfte sie leise. Später würde er einen seiner Wutanfälle bekommen, weil sie ihn nicht daran erinnert hatte, er würde sie schlagen, Gisela auch, wenn sie ihm zu stürmisch um die Beine fallen würde, und Gerda würde ihren Mann ganz besonders umsorgen müssen, damit er wieder milder gestimmt sein würde. Vor Allem aber würde sie sich noch selbst auf die

Suche nach verdorbenem Abfall machen müssen, um das Glas mit neuem Frischfutter zu füllen. Sie fand das widerlich, sie hatte dafür auch gar keine Zeit, und sie hasste die Vögel! Peter ganz besonders, der ihrem Mann wichtiger zu sein schien als die eigene Tochter, aber auch die Zucht im Keller, die so viel Platz wegnahm und so viel Dreck machte, so dass sie regelmäßig alles nass abwischen musste und sich dennoch immer wieder Futtermotten an den Papierpäckchen mit Haferflocken, Grieß und Mehl fanden.

Auf der anderen Seite wusste sie, dass die Vögel Heinrich ruhiger machten. Wenn es ganz schlimm war und er im Keller verschwand, kam er immer deutlich besonnener und entspannter zurück. Das morgendliche und abendliche Spiel mit Peter ließen ihn gelegentlich auch lächeln. Manchmal durfte Gisela sogar mitspielen. Aber heute würde es nicht so sein… Ihr graute vor dem Tag, wenn Peter mal nicht mehr sein würde, und so umsorgte sie den blauen Hahn gut, wenn auch mit ständigem Widerwillen. Und die Küken würden in ein paar Wochen auch wieder ein paar Mark in die Haushaltskasse spülen.

Die Küken waren inzwischen alle geschlüpft, voll befiedert, und das gesamte Gelege turnte und flog draußen mit den erwachsenen Vögeln herum. Heinrich schaute sie sich alle ganz genau an. Peter hing wie immer am Gitter und wartete auf die Extra-Körner von Heinrich. Mit den Vögeln konnte er nach wie vor nichts anfangen, sie waren ihm zu laut, zu hektisch, und einmal hatte ihm eine Henne sogar in den Fuß gebissen, während er versuchte, etwas Futter vom Käfigboden zu ergattern. Es tat furchtbar weh und blutete, am Ende verlor er sogar eine Kralle dabei, und den Rest des Tages saß er beleidigt und mit eingezogenem Füßchen nur noch auf Heinrichs Schulter, bis der ihn im Dunkel der Abenddämmerung in seinen Käfig setzte.

An diesem Abend bemerkte Heinrich, dass ein grüner Jungvogel nicht fliegen wollte. Statt wie die Anderen einen weiten Sprung von Stange zu Stange zu machen, hangelte er sich am Gitter entlang, wenn er seinen Platz wechseln wollte. Mit einem schnellen Griff holte Heinrich ihn aus dem Käfig und spreizte mit der Hand seinen rechten Flügel. Für den anderen Flügel nahm er den Mund zur Hilfe, bis er den Vogel in einer Position hatte, dass er sich auch diesen genau ansehen konnte. Nichts, es sah alles ganz normal aus. Vielleicht eine Prellung, dachte Heinrich sich, und er nahm sich vor, den Vogel genauer zu beobachten.

Eine Woche später war allerdings noch immer keine Änderung oder gar Verbesserung eingetreten. Er nahm den Vogel und warf ihn, so hoch die Kellerdecke es zuließ. Der Wellensittich spannte seine Flügel nur ein wenig auf, ohne zu flattern, und prallte schließlich hart auf dem Betonboden auf. Heinrich fluchte, sammelte den armen Kerl auf, zögerte dann kurz und stopfte ihn sich in seine Kitteltasche, die er abends zum Reinigen des Käfigs und der Kästen immer trug. Der Vogel schrie ganz erbärmlich.

Als Heinrich kurz darauf wieder oben in der Wohnung war und seinen Kittel ausgezogen hatte, steckte er sich erst einmal eine Zigarette an und trank einen großen Schluck Bier aus der Flasche. Dann rief er Gisela zu sich. Die Kleine, in ihr Spiel versunken, hörte erst nicht, so dass er lauter und wütender noch einmal rief, bis sie endlich vor ihm stand. Er griff in seine Kitteltasche.

„Hier... jetzt hast Du auch einen!", sagte er und reichte ihr den Vogel in verschlossener Hand.

Sie griff mit ihren beiden Händen fest zu.

„Nicht so fest!", raunzte Heinrich sie an, *„mach ihn nicht noch kaputter, als er sowieso schon ist!"*

Gisela strahlte, und sie hatte schnell begriffen, dass er ihr nicht wegfliegen würde wie der doofe Peter, aber das sie ihn dennoch festhalten müsse, damit er nicht zu Boden fiel. Sie setzte ihn auf ihre Schulter, wo der Kleine panisch versuchte wegzukommen, sie setzte ihn auf den Tisch, wo er weglief, von der Kante stürzte und auf dem Sofa landete. Ängstlich sprang er von dort auf den Teppich und lief hinter das Sofa, verfolgt von der kleinen Gisela, die sich ebenfalls dahinter zwängte und den kleinen Wellensittich schließlich unsanft am Flügel packte und hervorzog.

„Du musst Dich viel mit ihm beschäftigen, wenn er zahm und zutraulich werden soll", meinte Heinrich von seinem Platz aus, während er in der Zeitung den Sportteil suchte.

So trug Gisela den kleinen, eingeschüchterten Wellensittich überall mit sich herum, sie zeigte ihm alles und erklärte ihm, was es ist, sie drückte ihn an ihren kleinen Bauch, doch als sie ihn küssen wollte, biss er ihr in die Lippe. Sie schrie auf und brüllte sofort los, der Vogel flog dabei in einem weiten Bogen durchs Wohnzimmer und landete unterhalb von Peters Platz an der Fensterscheibe. Der erschrak und flog panisch auf, um nach einem Schreckflug schließlich auf seinem Käfig zu landen.

Heinrich schimpfte fürchterlich auf Gisela, die daraufhin noch mehr weinte, bis Gerda schließlich einen Kunden vorne stehen ließ und eilig ins Wohnzimmer kam. Sie nahm das Mädchen auf den Arm, ließ sich seine Oberlippe zeigen, die nur etwas angeschwollen war, ging mit ihr ins Bad und strich ihr etwas Penaten-Creme auf die schmerzende Stelle.

„Morgen ist alles wieder gut", flüsterte sie ihrer Tochter zu.

Heinrich unterdes schaute nach dem kleinen Grünling, der noch immer vor der Fensterscheibe auf dem Fußboden saß, betrachtete ihn eine Weile nachdenklich und setzte ihn schließlich in Peters Käfig, wo er sich gleich sicherer fühlte und aufgeplustert den Kopf ins Gefieder steckte, die Umgebung gut im Blick.

Später am Abend setzte Heinrich Peter wie gewohnt zur Nacht in seinen Käfig. Als Peter sah, dass da schon der grüne Jungvogel drin saß, sträubte er sich erst und flog auf Heinrichs Schulter. Und noch einmal. Erst im dritten Versuch blieb er auf der Hand sitzen, die ihn in den Käfig trug. Skeptisch beäugte Peter den ungewohnten Gast, der zu ihm wollte, was Peter sofort böse kommentierte. Er hackte nach ihm. Doch der Kleine war hartnäckig, bis Peter schließlich auf seine Schaukel sprang und heftig schaukelte, den Kleinen auf einer der beiden unteren Stangen zurück lassend.

Heinrich schaltete das Licht aus, und dachte bei sich, das gäbe sich schon noch. Dann zog er sich im Lichtschein der Flurbeleuchtung im Wohnzimmer aus und seinen Schlafanzug an und ging hinüber ins Schlafzimmer, wo er im Bett gelandet sofort schwer atmend einschlief.

Doch kurz darauf wurde er durch heftiges Gemecker und Gekreische aus dem Wohnzimmer, das sogar sein Schnarchen übertönte, wieder wach. Er musste sich kurz orientieren, hörte, dass auch Gerda das Klappern aus der Küche einstellte, stand benebelt auf und wankte ins Wohnzimmer hinüber, wo er das Licht anmachte und gleich zum Käfig schaute; Peter hing mit aufgestellten Flügeln und ganz dünn am Gitter, dabei heftig hechelnd. Ein Meter Achtzig unter dem Käfig auf dem Teppich lag ein kleines grünes Wesen mit unnatürlicher Kopfhaltung und blutigem Gefieder über der Stirn. Gerda kam mit einem Stück alter Zeitung, hob den kleinen toten Körper auf und wickelte ihn sorgfältig ein. Er tat ihr so leid, so sehr sie die Vögel auch verachtete. Heinrich schaute nur nach seinem Peter, sprach ihm leise mit seiner rauen Stimme zu, bis er schließlich langsam seine Hand in den Käfig steckte und Peter zu ihm auf den ausgestreckten Zeigefinger kam. Dann setzte er Peter vorsichtig auf seine Schaukel, beobachtete den Wellensittich noch ein Weilchen nachdenklich und schloss dann zum ersten Mal seit Jahren wieder die Käfigtür zur Nacht. Er ging danach wieder ins Bett, hörte noch kurz ins Wohnzimmer und schlief darüber schließlich ein, ohne noch ein einziges Mal an den kleinen grünen Fußgänger zu denken, der nicht alt werden durfte.

Viele Jahre waren vergangen, als die ganze Familie zum Heiligen Abend in der kleinen Hamborner Wohnung zusammen war. Nur Giselas Bruder fehlte, den der Feiertagsdienst in der nahen Kokerei erwischt hatte und der am Nachmittag nur kurz angerufen hatte, um mit allen zu sprechen. Gisela war frisch verheiratet, ihr Mann, der Opa und Heinrich saßen hemdsärmelig am Wohnzimmertisch und spielten Skat, tranken Bier und Weinbrand und rauchten eine Zigarette nach der nächsten dabei, während Gerda und Gisela nach dem Gänsebraten in der Küche das Geschirr spülten und sich dabei lachend unterhielten. Die Oma war auf dem Sofa im Sitzen selig weggeschlummert und lächelte dabei. Vor lauter Zigarettenqualm konnte man kaum noch die Hand vor den Augen sehen, und als der Opa seine Trümpfe einen nach dem anderen auf den Tisch auszählte, schlug Heinrich plötzlich mit der Hand laut auf den Tisch und fluchte und schimpfte auf seinen Schwiegersohn, den er für das verlorene Spiel verantwortlich machte, während der Opa lachte und die Groschen zu sich herüber zog. Es war sehr laut, und dennoch verstummten sie, als es aus der Richtung des Käfigs dumpf platschte und Heinrichs Gesichtszüge versteinerten. Auch die Frauen in der Küche bekamen das mit, noch bevor Heinrich aufgesprungen war und dabei sein Stuhl hinten gegen den Schrank knallte. Er stolperte zur Anrichte mit dem Käfig darauf und sah Peter; ganz still lag er da auf dem Boden, den Schnabel im Vogelsand, das blaue Gefieder des uralten Vogels ganz struppig, die noch warmen Krallen griffen ins Leere. Heinrich stand regungslos davor, nur ein leichtes Zittern seiner Schultern verriet, was gerade in ihm vorgehen musste. Sein Schwiegersohn wollte etwas sagen, doch Gerda packte ihn am Arm und bedeutete ihm zu schweigen. Leise bat sie die Anderen, nun zu gehen. Der Opa guckte beleidigt, trank sein Bier leer und weckte die Oma. Gisela zog ihren Mann aus dem Wohnzimmer, fiel ihm betroffen schluchzend kurz in die Arme und reichte ihm dann seine Jacke, um sich danach ihre anzuziehen. Dann holte sie auch die Mäntel ihrer Großeltern vom Haken und kam den beiden entgegen. Der Opa ging wortlos an ihr vorbei zur Toilette, spuckte hörbar in das Klobecken und pinkelte darauf, während die Oma still und leidend blickend wie immer ihren Mantel anzog.

„Es ist besser so, Mutter", raunte Gerda ihr zu.

Als sie alle zur Tür begleitet und verabschiedet hatte und wieder ins Wohnzimmer kam, saß Heinrich an seinem Platz am Wohnzimmertisch. Die Schnapsflasche hatte er direkt angesetzt, vor ihm lag Peter. Das einzige Wesen, das es nach den Kriegswirren noch schaffte, Heinrichs Herz zu berühren. Nun hatte er es gebrochen.

Lumpi bekommt eine Freundin

Drei Minuten vor Sechs, drei Minuten vor dem üblichen Klingeln des Weckers. Draußen war es noch stockfinster, als Lumpi anfing los zu plappern und mit seinem Spiegel, der an einem dünnen Kettchen von der Käfigdecke hing, zu klappern und ihn zu verprügeln.

„Lumpi! Heute ist Sonntag! Wir dürfen noch schlafen…", stöhnte Bennie, drehte sich um und versuchte weiter zu schlafen.

Aber Lumpi ließ sich nicht beirren und bearbeitete seinen Spiegel weiter, auch als das Rasseln des Weckers ausblieb. Ordnung musste sein, und schließlich konnte er ja nichts dafür, dass Bennie am Vorabend mit Freunden unterwegs gewesen und erst sehr spät ins Bett gekommen war. Das dachte der Teenager sich im Halbschlaf dann auch, und so tastete er sich zur kleinen Lampe neben seinem Kopf am Schreibtisch und schaltete sie ein, den zerzausten Kopf noch immer in den Kopfkissen vergraben. Sofort kam Lumpi nach einer großen lauten Runde durchs Zimmer angeflogen, denn sein Käfig stand immer offen. Erst auf die Bettdecke, dort wo Bennies Schulter sein musste, und von dort mit einem Hüpfer auf den Kopf, wo er erst ein Ohr fand und sich dann zur Schläfe des Jugendlichen weiter vorarbeitete und dabei sein fröhliches Geplapper zusammen mit dem vollen Repertoire seiner Balzgeräusche hören ließ.

Lumpi tat ihm leid, und so drehte Bennie sich schließlich aus seinem Kopfkissenberg hinaus, richtete sich leicht auf und nahm den kleinen Lutino auf seinen Finger, um ihn mit ein paar deutlichen Schmatzern zu küssen. Lumpi schmatze zurück, stupste immer wieder Bennies Nase mit dem Schnabel an, zuckte dabei mit dem Kopf auf und ab und fing dann an, seinen Daumennagel mit den Augen zu fixieren, Bennies Hand zu begatten und dabei den Daumen zu füttern. Bennies Kopf fiel zurück in die Kissen, während er Lumpi an der hingehaltenen Hand machen ließ. Als der fertig war, sich gestreckt hatte und zu einer weiteren kraftvollen Runde durch das Zimmer ansetzte, sank auch Bennies Hand schlaff wieder hinunter.

Zielsicher landete der vierjährige Hahn in der Käfigtür seiner angeknabberten und angerosteten blau lackierten Behausung, sprang auf den Boden des Käfigs und stopfte eilig ein paar Körnchen in sich hinein, um danach sofort wieder zu Bennie zu fliegen. Er landete vor dessen schweißglänzenden Nase auf dem Laken, balzte erst mit ihr, bis er begann, diese abzuknabbern und dabei auch den Schlaf aus Bennies Augenwinkeln zu lecken. Am Ende biss er herzhaft in den Nasenflügel und flog bei Bennies fluchendem Aufschrei fröhlich schimpfend weg, um gleich darauf wieder auf dem Laken zu landen. Unter einem tränenden Auge guckte Bennie auf den Schreibtisch, sah dort den silbrig glänzenden Füller, griff nach ihm und legte ihn vor sein Gesicht aufs Laken, wo Lumpi sofort begann, den Stift zu bebalzen, bis er ihn schließlich von der Bettkante fallen ließ und sein Interesse wieder auf Bennies Hand lenkte. Die griff an ihm vorbei auf den Boden, tastete nach dem Füller und legte ihn wieder aufs Laken, wo Lumpi gleich damit weiterspielte. Das wiederholte sich noch drei, vier Mal, bis Bennie sich endgültig von dem Wunsch verabschiedet hatte weiterzuschlafen, seinen müden und schweren Kopf mit einer Hand abstützte und mit der anderen begann, mit Lumpi zu kämpfen. Schnabel gegen Fingernagel, das war eigentlich fair – aber Lumpi war eindeutig im Vorteil, da er viel wendiger und beweglicher war und nach einem Hieb aufflog und aus der Luft sofort wieder ansetzte und auch seine Krallen dabei zur Hilfe nahm. Am Ende hatte er den gegnerischen Finger fest umschlossen und biss zart und mit gurrenden Geräuschen in die Fingerkuppe.

Bennie stand auf, zog sich die Hose seines lila-blau-grünen Ballonseide-Anzugs an, setzte sich den Vogel auf die Schulter und ging zur Toilette. Er zog die Schubladen des Plastik-Spiegelschranks ein paar Zentimeter weit auf, beförderte Lumpi dorthin, und während er pinkelte, alberte der gelbe Wellensittich mit seinem Spiegelbild herum. Dann nahm er ihn wieder auf die Schulter, um in der Küche eine Kanne Kaffee aufzusetzen – für seine Mutter, die bald sicher auch aufstehen würde, gleich mit. Während die Maschine losblubberte, ging er wieder in sein Zimmer und kramte seine zerdrückte Zigarettenschachtel aus der Jeans vom Vorabend aus der Hosentasche.

„Du darfst jetzt nicht mit!", sagte er zu seinem Vogel und setzte ihn auf dem Käfig ab, von wo aus Lumpi sofort wieder auf die Schulter flog. Bennie nahm ihn auf seinen Finger, ging mit ihm zur Zimmertür und warf ihn dann in Richtung des Zimmers hoch in die Luft. Lumpi schimpfte fröhlich, während Bennie schnell durch die Tür in den Flur huschte. Er sah noch, wie Lumpi oben auf der Tür landete und schloss sie nicht fest, so dass er dort auch sitzen bleiben konnte.

Es war noch sehr frisch an diesem Maimorgen, also griff er die Lederjacke vom Haken und zog sie sich über sein T-Shirt. Dann schüttete er sich den Kaffee in einen Becher, schwarz, ging ins Wohnzimmer, öffnete dort die Balkontür, die er hinter sich anlehnte und setzte sich auf den Gartenstuhl, Kaffeebecher und Ascher vor ihm. Er beobachtete die Amseln auf der Wiese vorm Mehrfamilienhaus, in dem er mit seiner Mutter lebte, wie sie in der nun fast abgeschlossenen Morgendämmerung hektisch im

Gebüsch und auf dem Rasen nach Würmchen suchten und sich stritten. Bennie liebte diese Geräuschkulisse, noch ohne das Kindergeschrei, ohne warmlaufende, anfahrende oder hupende Autos in der Straße und ohne das bald einsetzende ständige Geplapper irgendwelcher Leute aus ihren geöffneten Fenstern heraus.

Mit dieser Ruhe war es allerdings bald vorbei, denn hinter ihm öffnete sich die Balkontür, seine Mutter kam im Nachthemd und mit übergeworfenem Anorak hinaus, stellte sich an die Seite und zündete schweigend ihre Zigarette an.

„Wo bist Du gewesen?" zischte sie ihn an, damit die Nachbarn nichts mitbekämen.

„Wann bist Du nach Hause gekommen? Und warum lässt Du mich einfach so im Sessel sitzen, statt Bescheid zu geben?"

„Ach, hast Rückenschmerzen? Selbst schuld, hättest ja ins Bett gehen können. Ich war mit meinen Leuten feiern, das tut man an seinem Geburtstag so!"

„Du hast um Mitternacht zu Hause zu sein, ob Du jetzt fast 20 bist oder nicht!"

„Boah ey, vergiss´ es… langsam reicht es echt!" Er drückte seine Zigarette im Aschenbecher vor ihm aus, trank den letzten Schluck Kaffee und stand auf, um sich in der Küche ein Brot zu schmieren. Auf Diskussionen hatte er gerade überhaupt keine Lust.

Die zwei mit Salami belegten Scheiben hatte er zusammengeklappt und kaute an dem ersten Bissen, als er in sein Zimmer zurückkam. Lumpi erwartete ihn schon dort und kam direkt auf ihn und sein Wurstbrot zugeflattert, das er sofort entdeckt hatte. So landete er zielgenau auf dem Brot und biss gleich einen großen Krümel davon ab, den er kopfschüttelnd durchs

Zimmer warf, um sich direkt dem nächsten zu widmen. Als Bennie erneut abbeißen wollte, rückte Lumpi bereitwillig ein Stück zur Seite.

Er legte das Brot samt Lumpi auf eine Ecke des Schreibtisches, suchte sich im Radio einen Sender mit aktueller Popmusik und nahm einen großen Schluck Zitronenlimonade aus der Flasche am Bett, nach dem er kräftig rülpsen musste. Ein bisschen schlecht war ihm auch. Er schüttete einen Schluck in den Deckel und stellte ihn Lumpi hin, der davon trank und versuchte, die Kohlensäure aus seiner Nase zu bekommen, bevor er damit weitermachte, ein Loch durch das Brot zu fräsen und die Krümel ringsherum zu verteilen. Bennie zog seine Jacke aus, legte sich noch einmal auf sein Bett und schloss die Augen. Kurz darauf schlief er wieder fest.

Wie immer ohne anzuklopfen stand seine Mutter eine halbe Stunde später in der Tür und ätzte gleich los:

„Na, hast Du wenigstens schön Kopfschmerzen? Das hast Du davon… Kommst Du nachher mit zu Oma und Opa zum Essen?"

„Bah, gewöhn´ Dir endlich mal an zu klopfen, bevor Du hier reinstürmst. Ich bin keine Fünf mehr!"

„Du bist mein Sohn! Da brauchst Du Dich ja wohl nicht zu schämen… also, fährst Du mit?"

„Nein, ich muss noch ins Internet-Cafe´, Bewerbungen schreiben."

„Du musst keine Bewerbungen schreiben, Du kannst bei Opa anfangen, der braucht Dich."

„Das hatten wir doch alles schon! Ich werde nicht bei Opa anfangen… ich bin nicht 13 Jahre zur Schule gegangen, um dann kurz vor der Jahrtausendwende als Verkäufer in einem Eisenwa-

renladen in der Bergischen Provinz zu landen, und der in spätestens zehn Jahren dicht macht. Auf Baumarkt habe nun wirklich ich keinen Bock. Und „mit Menschen arbeiten" heißt auch nicht im Laden stehen."

„Das erklärst Du Opa selbst!"

„Ja, aber nicht heute…" wollte Bennie gerade sagen, aber da hatte seine Mutter schon unwirsch die Tür hinter sich zugezogen und ein jämmerliches anhaltendes Gekreische ertönte, währenddessen etwas Gelbes von der Türkante hinab auf den Boden fiel.

„Lumpi!" Bennie stand sofort auf und war bei seinem Vogel, der benommen auf dem Boden saß und aus einem Fuß kräftig blutete.

Seine Mutter wollte erneut die Tür aufstoßen, aber er drückte sie mit seinem Körpergewicht kräftig wieder zu.

„Verdammt noch mal, klopf endlich an, bevor Du reinkommst!", fluchte er. „Und jetzt bleibst Du erst mal draußen… Tierquälerin, echt, ich könnte kotzen! Diese scheiß Unbeherrschtheit!"

In ihm brach sich alles, die Wut, die Unzufriedenheit der letzten Monate vor seinem Abitur und nun der Schreck um seinen kleinen Kumpel. Behutsam hob er ihn in seine Hand, wo Lumpi sich auf einem Bein stehend gegen die Finger lehnte und mit dem anderen Bein das Blut auf Bennies Haut und in seinem eigenen Bauchgefieder verteilte.

Vorsichtig schob seine Mutter die Tür erneut auf, und Bennie brüllte sie an:

„Anklopfen, verdammt noch mal, bist Du echt zu dämlich dafür?"

Sie überhörte das.

„Was ist mit Lumpi?", fragte sie ebenso besorgt wie kleinlaut.

„Jaaa, was ist wohl mit Lumpi…", zischte er gereizt. *„Ich brauch´ ein Pflaster!"*

Während sie ins Bad ging, setzte er sich mit dem Vogel auf sein Bett, redete ihm sanft zu und schaute sich dabei das Bein etwas genauer an. Lumpi atmete schwer und zuckte bei den vorsichtigen Berührungen Bennies an seinem Bein. Eine der beiden vorderen Zehen war nur noch eine blutige Matsche, bei der anderen war die Kralle abgebrochen und hing an einem kleinen Stück herunter. An ihr hatte sich ein Blutstropfen gebildet.

„Ist alles gut, kleiner Lumpi", flüsterte Bennie ihm zu, während er auf seinem Schreibtisch nach einer Schere angelte.

„Die Frau war ganz böse zu Dir… ganz böse… bald ist aber alles wieder gut… versprochen…"

Er griff den Wellensittich etwas fester und hielt dabei sein verletztes Füßchen vom Körper ab. Dann schnitt er ihm vorsichtig das hängende Krallenstück ab. Lumpi meckerte dabei leicht und sein Fuß zuckte ein wenig, aber er ließ es geschehen.

Als seine Mutter klopfte und dann ins Zimmer kam, hatte Bennie mit einem kleinen Fetzen aus einem Papiertaschentuch die verletzte Kralle umwickelt.

„Oh Gott", sagte seine Mutter, die nun vor ihm stand, sich zu Bennie und dem Vogel hinunter beugte und das viele Blut sah. *„Ist es schlimm?"*

Bennie regte sich sofort wieder auf. *„Ist es schlimm? Ist es schlimm?"*, äffte er sie nach. *„Natürlich ist es schlimm. Guck´ Dir die Sauerei doch mal an! Schneid´ mal einen dünnen Streifen zurecht, bitte, nicht zu groß!"*

Sie schnitt einen etwa einen Zentimeter breiten Streifen ab. *„So?"*

Er blickte kurz auf. *„Nee, die Hälfte davon. Und nicht so viel Kleberand.“*

Mit zitternden Händen hielt sie ihm das zurechtgeschnittene Stückchen hin, und er versuchte, damit das Füßchen zu umkleben, was aber nicht gelang. Lumpi schrie dabei meckernd auf und zog sein verletztes Bein ganz dicht an den Körper heran.

„Mist… das klappt so nicht. Er muss zum Tierarzt…“

„Heute ist aber Sonntag“, wandte seine Mutter ein.

„Das hättest Du Dir vor Deinem Türknallen überlegen müssen!“, erwiderte Bennie giftig. *„Ruf mal bitte an und sag, dass wir gleich vorbeikommen… und die Rechnung zahlst Du!“*

Bennie überlegte nicht lange, wie er aussah, sondern streifte sich vorsichtig wieder seine Lederjacke über und steckte sich einen Kaugummi in den Mund. Dann fiel ihm ein, dass er Lumpi ja nicht die ganze Zeit in der Hand halten könne, gerade wenn sie draußen unterwegs sein würden. Er sah sich deshalb in seinem Zimmer um und entdeckte die halb leere After-Eights-Schachtel auf dem Regal neben dem Schreibtisch. Er schütte die restlichen Plättchen auf die Tischplatte und zog mit der freien Hand die angeklebten Folien aus der Packung. Schließlich ging er mit Vogel, Schere und Karton ins Wohnzimmer, wo seine Mutter gerade den Telefonhörer auflegte.

„Kannst gleich hin, musst aber eventuell vor der Tür warten“, sagte sie, *„er fährt direkt los.“*

Auf seine Bitte hin piekte sie noch ein paar kleine Löcher in den Karton und hielt ihn Bennie hin, so dass er Lumpi vorsichtig dort hineinsetzen konnte. Dann schloss er den Deckel.

Im Flur holte seine Mutter erst einen 20-Mark-Schein aus ihrer Tasche; als sie Bennies skeptischen Blick sah, steckte sie ihn wie-

der ein und holte stattdessen einen Fünfziger heraus.
„Den Rest möchte ich aber wiedersehen!"

Nach etwas über einer halben Stunde waren sie zurück. Bevor Bennie den Karton öffnete, holte er sich einen sauberen trockenen Waschlappen aus dem Bad und legte ihn einmal gefaltet in Lumpis Käfig auf dem Boden aus. Dann holte er den kleinen Patienten heraus und setzte ihn auf den Lappen. Lumpi piepste, humpelte von seinem Platz aus in die Mitte des Käfigs und flatterte auf die untere Stange, wo er sich aber nicht richtig festhalten konnte und meckernd wieder nach unten abstürzte. Während er das noch zwei weitere Male probierte, überlegte Bennie, wie er dem Vogel helfen könnte. Schließlich nahm er einige dünne Taschenbücher, rollte sie leicht und steckte sie durch das Käfigtürchen, wo er sie unten stapelte, bis sie eine Höhe knapp unterhalb der Bodenschalenkante erreichten. Anschließend nahm er sich einen College-Block und schnitt nach Augenmaß ein Stück Pappe aus der stabilen Rückseite heraus. Es war etwas zu breit, so dass er noch einmal nachschneiden musste; am Ende passte der Pappstreifen genau zwischen die Käfigwände. Bennie legte ihn auf das oberste Buch und befestigte ihn mit zwei Büroklammern am Buchdeckel. Dann hängte er den Futter- und den Wassernapf direkt oberhalb der Pappe auf, so dass Lumpi beides gut von dort aus erreichen konnte. Er setze den Vogel darauf, der war irritiert und trippelte auf seinem gesunden Bein und dem mit einem Pflaster gut verklebten verletzten nervös hin und her. Nach einem prüfenden Blick setzte Bennie noch eine Käfigstange vor die offene Seite. Lumpi versuchte direkt wieder, sie zu erklimmen, indem er sich mit dem Schnabel am Gitter festhielt, aber er hatte keinen

Erfolg. Immer wieder nagte er hektisch an dem Verband, der ihn störte, den er aber nicht aufgebissen bekam.

Als Bennie ihm noch ein Knabberherz dazu hängte, schien Lumpi sich vorerst abgefunden zu haben und bleib auf der Pappe sitzen. Bennie schloss die Käfigtür, Lumpi guckte traurig und erschöpft durch die Gitter nach draußen.

„Ruh´ Dich erst mal aus, Lumpilein…"

Dann erst bemerkte er seine Mutter, die in der weit geöffneten Tür stand.

„Na, was ist?", fragte sie immer noch etwas kleinlaut.

„Der eine Zeh ist hinüber, der ist Matsche. Muss er wohl mit drei Zehen klar kommen. Der andere ist okay, die Kralle müsste wieder nachwachsen, meint der Doc. Morgen müssen wir wieder hin, Dienstag wohl auch noch mal, Verband wechseln, wenn Lumpi ihn bis dahin dran lässt."

Sie hätte zu gern gewusst, was das Ganze gekostet hatte, traute sich in diesem Moment aber nicht, danach zu fragen.

„22 Mark", sagte Bennie trocken von sich aus, da er seine Mutter nur zu gut kannte. *„Mal sehen, was morgen und übermorgen noch mal drauf kommt."*

Sie atmete hörbar ein, denn das passte ihr gar nicht. Aber sie hatte keine Argumente.

„Ach ja", ergänzte Bennie, *„ich werde nach Köln ziehen. Erst mal zu Vater wohl, dann weitersehen."*

Jetzt schluckte sie schwer. Schweigend drehte sie sich um und ging.

Knapp zwei Monate später waren seine wenigen Sachen gepackt und er zum Aufbruch bereit. Bennie hatte ein Zimmer in einer kleinen WG in Köln-Kalk gefunden, nichts Besonderes, aber günstig und gut genug für den Anfang. Entscheidend für ihn war jedoch, dass er nicht nur Lumpi mitnehmen durfte, denn das war die einzige Grundbedingung, die er an eine WG stellte, sondern dass zwei der drei künftigen Mitbewohner, ein Paar, ihn auch noch ermutigten, einen Kumpel oder eine Freundin für Lumpi zu besorgen. Das war es ja, was Bennie sich immer für den kleinen Mann gewünscht hatte, was bei seiner Mutter aber auf aussichtslosen Widerstand gestoßen war. Und Bennie selbst war sich nie sicher, ob Lumpi nach der langen Zeit alleine überhaupt noch etwas mit einem anderen Wellensittich anfangen können würde. Zumal er seit seinem Unfall nicht mehr gerne flog, weil er an vielen Plätzen so schlecht landen konnte. Das ließ sich nun aber herausfinden.

Er hatte in der neuen Bleibe noch einen Monat Zeit, ihn und seine neue Freundin - es sollte unbedingt ein Weibchen werden! – gut zu beobachten und eventuell einzuschreiten, bevor für ihn die weitere Schulzeit am Erzieherkolleg beginnen würde. Der dritte künftige Mitbewohner, der zwei Ratten hatte, die sich frei durch die ganze WG bewegen konnten, hatte ihm einen gebrauchten Käfig zugesagt, der bei seinen Eltern auf dem Dachboden gestanden hatte und seit ihrem letzten Besuch nun schon darauf wartete, wieder bewohnt zu werden. Der schien auch um Einiges größer zu sein als Lumpis bisheriges Domizil, und Bennie hatte kein Problem damit, dass die Vögel aus Platzgründen dafür künftig im gemeinsamen Essbereich an der WG-Küche stehen würden, wo sie dann auch fliegen dürften. Wenn sie sich nur vertragen würden, was Bennie so sehr hoffte. Morgen würde er es besser wissen. In Porz wartete bereits eine dreijährige grüngelb gescheckte und sehr proppere Standardhenne bei einem Züchter, der ihm vor Allem zur Geduld bei der

Verpartnerung der beiden riet. Sollte es wider Erwarten gar nicht klappen, würde er die flugfaule Henne auch wieder zurück nehmen, sagte er.

Lumpi saß schon in seinem alten Käfig im Auto, in dem der Vater auf seinen Sohn wartete. Er wollte sich nicht drinnen aufhalten, er hatte seiner Ex-Frau nicht sehr viel zu sagen. Bennie verabschiedete sich von seiner Mutter, was zwischen beiden erst ein wenig unterkühlt und hilflos ausfiel, bis sie sich doch noch in die Arme fielen, und schließlich ging Bennie zum Auto hinüber, prüfte, ob der Käfig hinten auf dem Rücksitz fest angeschnallt war, und stieg dann vorne neben seinem Vater ein.

Die Nacht über hatte Lumpi in seinem neuen Käfig noch in Bennies Zimmer verbracht; er war auch so verwirrt genug wegen der neuen Umgebung. Bennie hatte noch viel zu wühlen und einzuräumen, denn den Rest seines Umzugstages hatten er und seine neuen Mitbewohner mit gemeinsamem Kochen, Essen, Plaudern und zuletzt drei Flaschen billigen Rotweins aus dem Discounter verbracht. Bennie war an diesem Morgen zu aufgedreht, um Kopfschmerzen davon zu haben. Das neue Bett hatten sie abends noch zusammen aufgebaut, nun stand er vor den verpackten Schrankteilen. Lumpi beobachtete ihn von der hölzernen Gardinenstange aus, die er schnell gefunden hatte und auf der er sich mühsam balancierend festhielt.

Das Paar schlief wohl noch, der vierte im Bunde war schon früh aus dem Haus gegangen, er jobbte in den Semesterferien als Postbote. Weil Bennie noch niemanden durch den Aufbaulärm stören wollte, räumte er stattdessen das Geschirr vom Vorabend in die Spülmaschine ein und machte dort etwas sauber. Er hatte gerade die Mülleimerbeutel entdeckt und den alten

Sack zugeschnürt, als sein Vater klingelte und ihn wie verabredet abholen wollte. Er verabschiedete sich von Lumpi, schloss seine Zimmertür und ging mit dem Sack aus der Wohnung zur Treppe und nach unten, wo sein Vater wartete.

Eine Stunde später war es soweit – der spannende Moment, als Bennie vor dem Käfig stand, Lumpi auf seiner Schulter, und er den vom Züchter mitgegebenen Karton mit seiner Öffnung an den Käfigeingang hielt. Erst passierte nichts, und Lumpi verlor schon das Interesse daran, weil es offenbar nichts Leckeres für ihn enthielt. Bennie hielt den Karton dann etwas schief, es gab ein scharrendes Rutschgeräusch und dann ein aufgeregtes Flattern im Käfig, bei dem Lumpi erschrak und mit einem *„Ui"* auf sicheren Abstand auf seine Gardinenstange flog. Lilli, so hieß die Henne, landete an der Käfigrückwand und kletterte gleich etwas höher zu einer Stange, von der aus sie die linke Schaukel an der Käfigdecke anspringen konnte. Dort gelandet putze sie erst einmal hektisch und oberflächlich ihr Gefieder, um dann einen Ruf loszulassen. Wie im Reflex musste Lumpi gleich zurück rufen, obwohl er sich überhaupt nicht sicher war, ob er lieber ängstlich oder neugierig sein wollte. Sein Hals wurde immer länger. Lilli rief erneut, und als Bennie seine Hand zum Landen für Lumpi hochhielt, kam der schließlich auch zögerlich angeflogen.
Ganz langsam senkte sich die Hand mit Lumpi hinab auf Käfighöhe, bis die beiden sich durch die Gitter ansehen konnten. Als Lili freudig piepste, erschrak Lumpi erneut, flog diesmal aber nur auf Bennies Schulter, wo er verlegen begann seinen Kopf zu kratzen.
„Na los, Du Feigling, geh´ guten Tag sagen!" Bennie hielt Lumpi seinen Finger hin, den der auch bestieg. Langsam wanderte der

Finger wieder in Richtung des Käfigs, jetzt allerdings etwas höher, bis Lumpi mit einem Schritt aufs Dach umsteigen konnte. Der blieb aber auf dem Finger sitzen. Bennie wartete eine Weile, ohne dass Lumpi sich rührte. Schließlich hielt er den Finger so dicht an das Dach, dass dessen Rand Lumpis Bauch berührte. Er machte einen zaghaften Schritt, schaute dabei konzentriert nach unten auf das fremdartige und doch so vertraue Wesen, dann noch einen, und schließlich richtete sich sein Kopfgefieder auf und er machte ein dickes *„Schmatz"* in Richtung der Henne. Das Eis war gebrochen, Lumpi musste nun nach vier Jahren kein Einzelvogel mehr sein! Bennie hatte ihn endlich richtig verstanden.

Lilli antwortete ihm, und Lumpi erstarrte hochaufgerichtet fast vor Körperspannung, bis er in einer rasend schnellen Runde durchs Zimmer wieder auf dem Käfig landete, erneut schmatze und dann begann, mit dem Schnabel auf das Gitter über Lilli zu klopfen. *„Sieh´ her!"*, wollte er sagen, *„ich kann ganz toll nach Körnchen picken und Dich und unsere vielen Küken bald immer reichlich damit füttern!"*

Lilli war davon offenbar auch sehr beeindruckt, sie schmatze ebenfalls und piepste. Lumpi war sehr aufgeregt, er drehte sich zweimal im Kreis, klopfte wieder gegen das Gitter und zeigte, wie schön er sprechen konnte. Das wiederum fand Lilli weniger spannend, denn sie verstand kaum die Hälfte davon, wären da nicht noch Lumpis eindeutige Gesten und Pfiffe zwischendrin gewesen, die er noch von ganz früher kannte und zum Teil auch Bennie beigebracht hatte.

Lilli wechselte immer wieder von einer leichten Anspannung, in der sie ihren Rücken durchdrückte, und einer aufrechten Sitzposition mit einem Fuß an der Haltestange der Schaukel, um mit ihrem Schnabel besser nach oben zum Gitter zu gelangen, wo Lumpi ihn anstupste. Er rannte dabei über das ganze Käfigdach, guckte an allen Seiten nach unten, kletterte die Seitenwände hinab und wieder nach oben, als er keinen Eingang fand und hielt sich zum Schluss an der Rückwand des Käfigs fest, wo er Lilli am nächsten sein konnte. Lilli drehte sich um die andere Stange und kletterte ebenfalls zur Rückseite hinüber, bis sie beide Bauch an Bauch am Gitter hingen und sich erfreut mit den Schnäbeln beklopften. Lumpi würgte zweimal und hatte die erste Portion Futterbrei im Schnabel, die er ihr durch die senkrechten zuschob und die sie gierig annahm. Ein Teil des Brockens fiel hinab, aber Lumpi sorgte durch erneutes Würgen sofort für Nachschub.

„Na, Ihr seid ja zwei…" Bennie langte mit dem linken Arm um den Käfig herum und bot seinem Vogel den Finger an, was Lumpi zuerst gar nicht interessierte. Dann kletterte er aber doch hinauf und ließ sich von Bennie um den Käfig herum tragen. Der öffnete mit der anderen Hand die Tür, und Lumpi hüpfte direkt auf die untere Stange, trippelte auf ihr wieder zur Rückseite und hoch zu Lilli, die sich auch schon zu ihm hinunter beugte. Lumpi war zu hektisch und konnte sich mit seinem kaputten Fuß nicht gut am Gitter halten. Kurz bevor er bei ihr war stürzte er ab, schimpfte dabei, war aber sofort wieder mit einem gewaltigen Hopser oben. Es schien fast, als wolle er auf sie hinauf klettern, und so rückte sie ein Stück ab, und noch weiter, bis sie beide auf der Stange Platz gefunden hatten und weiter herum alberten. Lilli drückte wieder ihren Rücken durch, und Lumpi verstand, was sie wollte. Und er auch. Er kletterte stürmisch auf ihren Rücken, drückte dabei seine Kloake gegen ihren hochgestreckten Schwanz und verlor das Gleichgewicht. Weil er

erst versuchte sich an ihr festzuhalten, kippte auch sie kopfüber. Lumpi flatterte an die Käfigseite, Lilli flatterte auch, aber zu Boden. Sie landete im frischen Vogelsand und machte sofort zwei, drei Hüpfer, begleitet von einigen Flügelschlägen, aber die zehn Zentimeter hohe Hürde der weißen Käfigwanne konnte sie nicht überwinden. Lumpi rutschte und hüpfte zu ihr hinunter und wollte weiter machen, aber für Lilli war es erst mal vorbei. Sie wollte hoch, immer und immer wieder probierte sie es und schaffte es nicht.

Bennie griff dann in den Käfig hinein und wollte Lilli den Finger hinhalten. Die reagierte aber panisch, flatterte aufgeregt über den sandigen Boden von einer Ecke zur nächsten, Lumpi sagte „Ui!", bis Bennie seine Hand wieder aus dem Käfig zog. Er blickte sich um, sah den alten Käfig in der Zimmerecke auf dem Boden stehen und holte dort eine der glatten Holzstangen heraus. Dann ging er mit der Hand und der Stange erneut in den großen Käfig, an die Seite, wo Lilli und Lumpi gerade nicht waren, und klemmte die Stange direkt am Wannenrand zwischen zwei Gitterstäbe. Er drückte das Ende der Stange nach unten, bis es knapp über dem Boden hing, zog die Hand wieder hinaus und schloss die Tür. Lilli zögerte nicht lange, lief zur Stange, bestieg sie und kletterte an ihr zum Gitter hoch und weiter, bis sie die erste Querstange wieder erreicht hatte. Lumpi sah ihr von unten aus zu, und als sie wieder fest saß, machte er zusammen mit einem kräftigen Flügelschlag einen Hopser zum Gitter und kletterte zu ihr. Beide rieben kurz ihre Schnäbel aneinander, Lilli begann sich zu putzen und Lumpi brabbelte los.

Der Anruf beim Züchter war nicht erfolgreich, denn der behauptete, bei ihm sei die Henne immer geflogen, es sei sowieso seine beste Zuchthenne gewesen und Bennie hätte Glück gehabt, dass er sie überhaupt rausgegeben hat. Mit ihr hätte er auch Preise gewinnen können, wenn er gewollt hätte, schließlich hätte sie einen perfekten Wuchs und eine üppige Befiederung, das sei sehr selten. Und so weiter.

Seine Mitbewohnerin hatte das Telefonat mitbekommen. Sie ließ sich von Bennie Lilli zeigen, die immer noch zusammen mit Lumpi im Käfig in Bennies Zimmer stand.

Ein Wellensittich, der nicht flog… Bennie war fassungslos und hatte einen dicken Kloß im Hals. Er wusste überhaupt nicht, was er weiter tun sollte, und laut dachte er darüber nach, ob sie denn überhaupt so glücklich sein könnte.

„Guck´ sie Dir doch an!", meinte seine Mitbewohnerin. *„Sieht sie unglücklich aus?"*

Das war natürlich eine rhetorische Frage, die Bennie nicht zu beantworten brauchte, da Lumpi gerade seinen Schnabel tief in Lillis Wangengefieder versenkt hatte und sie hingebungsvoll kraulte, während sie mit geschlossenen Augen den Kopf leicht so drehte, dass Lumpi auch ja jede Stelle erreichte.

Sie beobachteten die beiden eine Weile und beratschlagten darüber, wie es denn nun weiterginge. Lumpi sollte ja fliegen, wenn er wollte, und Bennie war davon überzeugt, dass er den Kontakt zu Bennie auch sehr vermissen würde, wenn er nun dauerhaft eingesperrt im Esszimmer stehen würde. Die Tür öffnen ging nicht, wenn keiner da war, denn wenn Lilli einmal draußen herunterfallen würde, war nicht klar, wie die Ratten darauf reagieren würden. Ausprobieren war da sicher nicht die beste Idee. Die junge Frau machte schließlich einen Vorschlag, den sie nachmitlags zu viert besprechen wollten. Bennie war damit sehr einverstanden.

Nachdem alle Zuhause waren und gemeinsam noch mal überlegt hatten, begannen sie, den neuen Kleiderschrank in der Ecke im Essbereich aufzubauen, unmittelbar neben der Tür zu Bennies Zimmer. Dort, wo ursprünglich der Käfig stehen sollte. Den Käfig samt der Esszimmerkommode stellten sie neben Bennies Schreibtisch auf und hängten außen eine weitere Stange auf, die wie die innen zur Aufstiegshilfe ebenfalls schräg nach unten zur Schreibtischplatte führte. Alles Weitere wollten sie noch überlegen.

Lumpi und Lilli verbrachten noch einige schöne Jahre zusammen, er fliegend und immer bei ihr, während sie bald durch das ganze Zimmer kletterte.

Exotisch

Nach der großen Wirtschaftskrise 2019-2022, die weltweit zu Zusammenbrüchen ganzer Staaten und Finanzsysteme führte und auch in Europa für massive gesellschaftliche Umbrüche und eine Stärkung der extremen Lager gesorgt hatte, kam es im Nordraum der neuformierten Europäischen Union, kurz: Nordunion, ab der Mitte der zwanziger Jahre zu umfassenden Reformen auch im Bereich der Tierschutzgesetzgebungen. Während man im verarmten Südraum jenseits der Alpenlinie eine hohe Besteuerung aller Nutz- und Haustiere einführte, setzte man im Norden auf eine strenge Regulierung für nahezu alle Tierarten und Haltungsformen. Die Anforderungen an die Massentierhaltung wurden per Gesetz derart verschärft, dass sie quasi ebenso abgeschafft wurde wie großangelegte Laborstudien und –versuche an Tieren.

Hunde, Katzen und alle anderen Kleintiere und Vögel durften nur noch dann in Wohnungen gehalten werden, wenn sie permanent Zugang zu entsprechend ihrer Art gesicherten Außenanlagen hatten. Alle Heimtiere mussten ab 2027 registriert sein und durften mit Ausnahme einiger Hamsterarten nur noch Paarweise, in Gruppen oder Rudeln gehalten werden. Das lange und sehr emotional diskutierte Verbot der Exotenhaltung wurde eingeführt. Tierheime, Tierarztpraxen, Zoos und Zoohandlungen wurden verstaatlicht und ebenso wie einige handverlesene Tierschutzorganisationen mit amtlichen Aufsichtsvollmachten ausgestattet; eine Staaten übergreifende Tierschutzpolizei nach niederländischem Vorbild wurde im Nordraum eingerichtet. Jeder Tierbesitzer hatte für jede gehaltene Art eine umfassende Wissens- und Eignungsprüfung abzulegen. Für sämtliche Maßnahmen gab es zwar großzügige Übergangsfristen, die sich an den Lebenszyklen der einzelnen Tierarten orientierte, ein allgemeines Tierhandels- Nachzucht- und Importverbot galt jedoch ebenfalls schon ab 2027. Artuntypische Ausnahmen wurden individuell für jedes Tier vorgesehen, die Prüfkriterien hierfür waren sehr streng gesetzt, und die Genehmigungen konnten nur durch das nordunionsweit vereinheitlichte Amtsveterinärwesen erteilt werden.

Mona saß auf der Bank im kleinen Innenhof des ehemaligen Tischlereibetriebs am Rande der alten Elbschiffersiedlung weit vor den Toren Hamburgs, in dem Gebiet, das von dem Stadtstaat als Kreativquartier ausgerufen war und in dem ihre kleine Pflegestelle als lebhafter Kontrapunkt die Künstlerszene im Viertel vervollständigen sollte. Den Betrieb und das zugehörige kleine Häuschen mit einer schmalen Küche, dem Duschbad und zwei kleinen Räumen im Erdgeschoss, von denen einer als Büro eingerichtet war, sowie einem urgemütlichen Schlafzimmer mit Sichtbalken unter dem Spitzdach hatte sie vom Stadtplanungsamt, welches die Koordinierung des Quartiers übernommen hatte, schon lange vor der Krise zu sehr günstigen Mietkonditionen angeboten bekommen. Die ehemalige Tischlerwerkstatt gab es als Dreingabe mit der Auflage hinzu, dort die Endpflegestelle für Wellensittiche zu betreiben und für Besucher aus der Nachbarschaft geöffnet zu halten.
Die Tischlerei lehnte sich an die der Straße zugewandten Rückseite des Eckhäuschens an, hinter einer langgestreckten Fassade, unterbrochen durch einen Torbogen und mehrere Schaufenster. Durch zwei der drei Schaufenster konnte man ins Innere der ehemaligen Werkstatt sehen, in deren etwa 40

Quadratmetern jetzt die Wellensittiche untergebracht waren. Die Scheiben waren sehr dunkel abgetönt, um die Vögel im Inneren vor Lichtreflexen und zu viel Bewegung außerhalb zu schützen. Wenn Passanten an der Scheibe standen, mussten sie ihre Nasen schon fast am Glas platt drücken und ihre Augen mit den Händen abschirmen, um dort etwas erkennen zu können. Hinter dem dritten Fenster war eine Schauwand wie eine spanische Wand aufgestellt, an der ein Plakat und zwei Flyer angeheftet waren und auf der zwei der Sittiche saßen und neugierig das Geschehen vor sich auf der Straße verfolgten. Das Tageslicht fiel durch zwei fest verschlossene Oberlichter im Dach der Werkstatt ein, die zum Schutz vor Glasbruch mit engmaschigem Gitterdraht versehen waren.

Durch die nachts und manchmal auch tagsüber verschlossene Toreinfahrt gelangte man in den Innenhof, an dessen linker Seite Mona jetzt auf ihrer Bank hinter einem großen Plastiktisch saß, aus dessen Mitte ein aufgespannter Sonnenschirm ragte. Rechts war die Seitenwand der Werkstatt, und wenn man um sie herum ging, erreichte man ein breites Tor mit aufgeschlagenen Holzfensterläden an beiden Seiten. Davor zog sich in der ganzen Breite der Werkstatt mit Ausnahme eines kleinen Seitenschuppens, in dem jetzt ein gefliester Raum mit Warmwasserleitung zur Reinigung der Vogelutensilien untergebracht war und der auch als Zutrittsschleuse diente, ein etwa 1,50-Meter tiefes Vordach, das den Außenbereich der an die Werkstatt angebauten Voliere komplett bedeckte und gegen Wettereinflüsse und Wildvögel schützte. Die Voliere war zu dieser Seite völlig offen, und da es die nach Südwesten ausgerichtete Seite war, hatten die Tiere hier im Sommer von Mittags an bis weit in die Abendstunden Sonne. Am Waschraum war ein zwei mal zwei Meter großer Holzverschlag angebaut, in dem Mona unempfindliches Vogelzubehör lagerte – Äste, Bretter, Draht- und Gitterreste, Wärmestrahler und Lampen und auf einem Regal etliche Papp-kistchen mit Verbindungsschrauben, Flügelmuttern, Unterleg-scheiben und dergleichen.

Die vierte Seite des Hofes wurde durch eine flache Mauer mit einem darauf verankerten Lamellenzaun blickdicht geschlossen.

An diesem Septembertag 2026 war es ihr zu warm, um konzen-triert im Büro zu arbeiten. Und sie hatte viel zu arbeiten. Die vorangegangene Krise, die noch immer nicht bewältigt war und zu vielen sozialen Unruhen und politischen Wendungen im gan-zen Land und über die Grenzen hinaus führten, hatte den Verein mit den sechs Pflegestellen, dem sie seit 6 Jahren vorstand, fast in die Pleite getrieben. Die Stimmung quer durch alle Gesell-schaftsgruppen erschütterte sie und bewegte sich politisch in eine Richtung, die ihr großes Unbehagen bereitete. In diese auf-geladene Atmosphäre hinein musste sie Konzepte überlegen, wie der Verein weitergeführt werden und vor Allem finanziert werden könnte.

Auf der anderen Seite standen die Veränderungen im Bereich des Tierschutzes, der Exotenhaltung und damit auch der Wellensittichhaltung. Durch die Presse hatte sie zwar schon Etliches erfahren und wurde durch geeignet scheinende E-Mail-Verteiler auch über jede weitere geplante oder entschiedene Maßnahme informiert; dennoch blieben mehr Fragen als Antworten. Seit sie heute die über 300 Seiten starke Ausarbei-tung des Bundesveterinäramtes in der Vereinspost gefunden hatte, suchte sie gespannt nach jenen Informationen, die sie, den Verein und die Vögel betreffen würden. Ihre eigenen und alle des Vereins.

Eigentlich hätte sie gelassener sein können, denn in allen sechs Pflegestellen waren die im Vorfeld freiwilligen Wissensprüfungen erfolgreich absolviert worden, bei der Eignung allerdings fiel die Frankfurter Pflegestelle durch, da es dem betreuenden Ehepaar nicht möglich war, in der in den letzten Jahren stark gewachsenen Main-Metropole eine bezahlbare Immobilie mit Außenanlage zu finden. Ein Umzug weit ins Umland kam für das Paar nicht in Frage, da der Mann beruflich schon stark in dem europäischen Wirtschaftszentrum eingespannt war und nicht auch noch täglich stundenlang pendeln wollte. Diese Pflegestelle würde so das Schicksal vieler privater Haltungen teilen und in den nächsten Jahren mit Wegsterben der Vögel auslaufen, bis dann auch der letzte Wellensittich in eine andere zertifizierte Haltung abgegeben werden müsste. Das war bedauerlich, denn Mona mochte die umsichtige und sorgfältige Art, mit der die Frankfurter ihre Endpflegestelle führten. Sie wusste, dass ihnen dieser Weg nicht leicht fallen würde, erging es ihr in einigen Jahren doch genauso, und sie respektierte, dass sie sich trotz aller negativer Prognosen der Eignungsprüfung unterzogen hatten, um so wie die anderen fünf Stellen vielleicht von staatlicher Förderung in diesen schweren wirtschaftlichen Zeiten profitieren zu können. Nicht für sich selbst, ihnen ging es finanziell gut, aber für das Vereinskonto, denn anderswo im Land waren zwar die räumlichen Verhältnisse durch rasant fallende Mietpreise besser anzupassen, dafür sah es in allen anderen Bereichen, insbesondere der Beschäftigungslage, nicht rosig aus. Und wo die Leute nicht arbeiten, steht ihnen auch nicht der Sinn nach Tierschutzspenden.

Seit den Gründungszeiten unverändert konzentrierte sich der Verein auf die Unterbringung und fachkundige Betreuung sehr alter, chronisch kranker und bewegungseingeschränkter Vögel. Letztere würden künftig sehr selten werden, denn mit dem Nachzuchtverbot würde es auch keine Fußgänger mehr geben, die schon aus dem Nest heraus flugunfähig waren. So würde es auf später erworbene Behinderungen hinauslaufen, durch Unfälle oder schwerwiegende Erkrankungen hervorgerufen. Und das waren erfahrungsgemäß nicht so viele.

Man hatte innerhalb des Vereins mit seinen verbliebenen 150 Mitgliedern sehr erhitzt und ausgiebig darüber diskutiert, ob der Verein insgesamt sich um die Aufsichtslizenzen im Tierschutz bewerben sollte. Unter den Mitgliedern waren etliche, die so mit einem Posten liebäugelten, der ihnen ihre wirtschaftliche Situation erleichtern könnte. Der Schwerpunkt hätte damit aber nicht mehr auf der Betreuung von Wellensittichen gelegen, sondern umfassendes Fachwissen über alle Heimtierarten erfordert, und das wollte schließlich die überwiegende Mehrheit innerhalb des Vereins nicht leisten. Den Verein nur um den Erhalt des Vereins willen fortzuführen kam für die meisten nicht in Frage. Diese Abstimmung hatte im Anschluss zu einigen Austritten geführt, aber letztlich war Mona froh, dass es so gekommen war.

Überhaupt… die ideologisch motivierten Hintergründe des Ganzen gefielen ihr zwar ganz und gar nicht, denn sie hätte sich gewünscht, dass die geplanten Änderungen durch Einsicht innerhalb der Gesellschaft entstanden wären, nicht durch massive staatliche Eingriffe, aber dass sie nun früher als erwartet kommen würden, machte die überzeugte Tierschützerin schon auch glücklich. Und die Art der Umsetzung schien gut durchdacht, sie hatte erstmals seit Langem das Gefühl, dass in den entscheidenden politischen Gremien Menschen saßen, die verstanden, was sie da planten und taten.

Anhand der Überschriften und Kapitel der amtlichen Ausarbeitung hatte sie schnell die Passagen gefunden, die im Moment für sie von Bedeutung waren. Das Meiste waren Themen rund um die Nutztierhaltung, die für sie gerade nicht interessant waren. Auch Fragen zu Zucht und Handel konnte sie überblättern. Die Durchführungsvorschriften zur Wissens- und Eignungsprüfung kannte sie schon durch das freiwillige Verfahren, so blieb jetzt erst mal ein elfseitiger Abschnitt zur Regulierung der geplant in Europa auszusterbenden Arten. Also auch der Wellensittiche.

Nach diesem Abschnitt sollten alle Wellensittiche registriert sein, wie das bei Papageien ja auch schon lange galt. Die Registrierung sollte engmaschig überwacht werden, illegaler Handel und Schwarzzuchten deutlich spürbar geahndet.

Die Haltungen sollten demnach in Kategorien von -2 bis +2 eingeteilt werden. Bei -2 handelte es sich wohl um Einzelhaltungen oder um so schlecht ausgestattete, dass die sofort aufgelöst werden sollten. Der Vogel oder die Vögel sollten dann in gut geführte Schwärme integriert werden, die auch unter strenger staatlicher Aufsicht standen. Kapazitäten würden wohl in vielen Tierparks frei, da auch die dortigen wilden Arten wenn möglich ausgewildert oder in artenspezifischen Zoos zusammengefasst werden sollten.

Haltungen der Kategorie -1 hätten wohl mit Auflagen zur Nachbesserung Zeit, bis ein Einzelvogel übrig bleiben und in einen Schwarm zu integrieren sein würde. Die Einhaltung der Auflagen sollte regelmäßig überwacht werden.

Bei Kategorie 0 gab es nichts nachzubessern, es sollten aber auch keine neuen Vögel hinzukommen. Das betraf die Frankfurter, die keinen Außenzugang herbeizaubern konnten. Die anderen Vereinspflegestellen gehörten demnach wohl in die Kategorie +1, das heißt, der Bestand galt als vorübergehend erhaltenswert und gut geführt, so dass umzusiedelnde Vögel auch dort aufgenommen werden könnten. Da es sich immer um betreuungsbedürftige Wellensittiche handeln würde, ging dem zwar immer ein individueller Prüfvorgang voraus, jedoch entfiel die strenge staatliche Kontrolle, wie sie für die großen Aufnahmestellen der Kategorie +2 vorgesehen waren und die schließlich als Letztes übrig bleiben sollten.

Sie blickte unter ihrem ausgeblichenen Sonnenschirm hindurch auf die Voliere gegenüber, wo sich einige Vögel unter dem Dach ein schattiges Plätzchen direkt an der Hauswand gesucht hatten und schläfrig vor sich hin brabbelten. Die meisten waren im Werkstattinneren, weil es dort doch etwas kühler war als in der Nachmittagssonne des windstillen Innenhofs. Noch 10, vielleicht 15 Jahre, dann würde es das nicht mehr geben, dachte sie bei sich. Dann würden die Wellensittiche zwar auch im Schatten der Bäume sitzen und darauf warten, dass der Abend ihnen etwas Abkühlung verschaffen würde, aber statt der 6 Meter Freiflug hier hätten sie dann ihre komplette Freiheit zurück erlangt. Sie würden sich wieder selektieren, wie sie es seit Tausenden von Jahren erfolgreich taten. In ihrer australischen Heimat unterlagen sie nicht der Ethik, jedes Leben so lange wie möglich zu erhalten, dort galten andere Gesetze als die hiesige Vorstellung, dass man für die Kreaturen, die man sich unterwirft, auch umfassende Verantwortung übernimmt. Diese

Verantwortung hatte sie, die agile Mittfünfzigerin, immer umgetrieben, hatte zu dem geführt, was sie seit ihrer Scheidung jetzt schon seit Jahren für die Vögel tat. Sie würde es später sicher auch vermissen, das fröhliche Gezwitscher und Geplapper morgens mit dem Sonnenaufgang und den ganzen Tag hindurch, das gesellige und oft lustige Treiben untereinander, die gegenseitige Zuneigung und das Miteinander im Schwarm und die allzu spannenden Eigenschaften, die jeder einzelne der kleinen Charaktere dabei zeigte oder nach seinem Umzug in die Endpflegestelle oft erst nach Jahren des Verkümmerns wieder hervorkramte.

Doch es war nicht richtig, was und wie es für die Wellensittiche lief: Ihre Fortpflanzung war hier, weit weg von ihrer angestammten Heimat, zu keinem Zeitpunkt darauf angelegt, das ursprüngliche Tier zu erhalten. Stattdessen ging es darum, jede Mutation, wie sie überall vorkommt, als Erfolg zu feiern, weiterzuverfolgen und in sehr kurzer Zeit, zu kurz, um gesund für das einzelne Tier und die ganze Art zu sein. Keine dieser Veränderungen hatte die Chance, sich über die Jahrtausende zu etablieren oder wieder zu verschwinden, sollte sie sich als zu nachteilig erweisen. Nicht mal über ein paar Generationen. Was aus den Bruten neu hervorgebracht wurde, wurde sofort aufgegriffen und kontinuierlich weitergezüchtet, gleichgültig, ob diese Veränderung für die Tiere sinnvoll war, es zählte nur, dem Züchter zu etwas Ruhm innerhalb seiner kleinen Zuchtverbandsgemeinde zu verhelfen.

Sicher, einige Farbvarianten fand sie auch sehr hübsch. Sie fand aber auch den kleinen blauen Elefanten aus dem Fernsehen niedlich, zum Glück kam offenbar niemand auf die Idee, so etwas in natura schaffen zu wollen. Sie wusste nicht einmal, ob es Albino-Elefanten gab. Etwas machen, nur weil es geht, das war ihr zu wenig.

Und wenn es geht – wie hoch war der Preis dafür?

In all den Jahren, in denen sie die groß gezüchteten Wellensittiche mit den viel zu kleinen Organen und dafür zu schwachen Flügeln bei sich aufnahm, die Tiere mit den üppigen Federbergen auf dem Kopf und am ganzen Körper, die sie am Fliegen hinderten und die sie teilweise regelmäßig nachschneiden musste, Vögel, die nicht älter als fünf Jahre alt werden sollten und bis dahin eine Zeit der Einschränkungen mit strengen Diäten und dauerhaften Medikamenteneinnahmen ertragen mussten, sie alle zahlten diesen Preis mit, den ihre „Schöpfer" stets abstritten, weil er nicht in ihre Erfolgsbilanz passte. Sie sah dieses Leid täglich, und sie versuchte täglich, es Kleinen so weit wie möglich zu erträglich zu machen.

Natürlich war der reflektierten Frau völlig bewusst, dass ihr die Hilfe an den Tieren und die Arbeit im Verein selbst viel Bestätigung und überhaupt erst einen Sinn in ihrem Vorruhestandsdasein gaben. Insofern war sie bezüglich ihrer Motivationen kaum anders oder gar besser als die vielen Hobbyzüchter und Halter, die nicht so weit dachten und einfach ein bisschen an der Geselligkeit und Niedlichkeit der kleinen Vögel teilhaben wollten und so selbst wichtiger Teil dieses Systems waren. Wegen dieser Bestätigung wollte sie selbst auch so lange weitermachen wie nötig, aber in spätestens 15 Jahren würde Schluss sein, und sie wusste selbst noch nicht, ob sie sich dann mit 70 noch einmal umorientieren könnte und eine neue Herzensangelegenheit finden. Und ob sie das dann überhaupt noch wollte und bräuchte.

Sie wusste aber auch, dass das ein den Tieren gegenüber sehr egoistischer Gedankenzug war. Sie verbot ihn sich nicht, aber sie ordnete ihre Empfindungen der Arbeit an den Tieren unter. Und das unterschied sie von den anderen Wellensittich-Liebhabern. Sie sah es einfach als zwingend an, die noch in den europäischen Haushalten angesiedelten Vögel endgültig in ihre ursprünglichen Habitate zurück zu führen. Denn eingeschränkt waren sie hierzulande alle, in ihren Wohnzimmern, Kinderstuben und Küchen, in ihren Volieren im Sommer auf dem Balkon, selbst die in den großen Freifluganlagen einiger Zoos und Vogelparks. In der Freiheit aber nicht überlebensfähig. Ihre eigenen würden keinen einzigen Tag schaffen, aber auch die vermeintlich gesunden wären nicht in der Lage, sich hier zu halten. So viele Feinde, allein die Wildvögel, derentwegen sie in Australien tief ins Landesinnere abgezogen sind, obwohl sie so wendig und ausdauernd sind. Wie sollte es hierzulande laufen für die Geschöpfe, die allesamt zu plump sind und nach drei Runden im Zimmer ihre erste Pause benötigten; so quietschbunt, das auch das beste Versteck im dichtesten Gebüsch sie nicht unentdeckt bleiben ließe. So hielt man sie in dieser eigens für sie geschaffenen Parallelwelt der menschlichen Liebhaberei, sie wurden selbst zu Parallelwesen ihrer Art, denen die Fähigkeiten ihrer wildlebenden Verwandten abhanden gekommen waren. Niemand weiß, wo diese Reise für sie noch hingehen würde, deshalb war es einfach besser, davon war sie felsenfest überzeugt, das Ganze lieber schon jetzt zu beenden, solange es noch halbwegs geordnet und für die vorhandenen Vögel leidensfrei möglich war.

Wie es bei anderen Tier- und Vogelarten insgesamt aussah, darüber wusste sie zu wenig, sie vermutete aber stellenweise deutliche Ähnlichkeiten.

Das weiße Papier blendete sie, sie bekam leichte Kopfschmerzen und lehnte sich auf ihrer Bank zurück. Freundlich begrüßte sie die zwei Nachbarskinder, die wie immer auf ihrem Rückweg von der Schule zum Vögel gucken kamen, und lächelte.